Aristote et Dante découvrent les Secrets de l'Univers

L'auteur

Benjamin Alire Sáenz est professeur d'écriture à l'université d'El Paso au Texas. Il écrit aussi des recueils de poésie. Après une enfance très difficile, il entre au séminaire et devient prêtre à El Paso pendant quelques années avant de quitter les ordres. Primé de nombreuses fois pour ses romans adulte et jeunesse, il a remporté des prix prestigieux pour *Aristote et Dante découvrent les secrets de l'univers*, notamment celui de l'Association des bibliothécaires américains.

BENJAMIN ALIRE SÁENZ

Aristote et Dante découvrent les Secrets de l'Univers

Traduit de l'anglais (États-Unis)
par Helène Zilberait

POCKET JEUNESSE
PKJ·

Livre publié sous la direction de Xavier d'Almeida

Titre original :
Aristotle and Dante Discover the Secrets of the Universe

Publié pour la première fois en 2012
par Simon & Schuster, NY

À tous les garçons qui ont dû apprendre
à jouer avec des règles différentes

POURQUOI SOURIT-ON ? POURQUOI RIT-ON ?
Pourquoi se sent-on seul ? Pourquoi est-on triste ? Pourquoi lit-on
de la poésie ? Pourquoi pleure-t-on devant un tableau ? Pourquoi l'amour nous fait-il perdre la tête ? Pourquoi a-t-on honte ?
Qu'est-ce que le désir ?

Les règles de l'été

Le problème, c'est que ma vie était l'idée
de quelqu'un d'autre.

Un

UNE NUIT D'ÉTÉ, JE ME SUIS ENDORMI EN espérant qu'à mon réveil le monde serait différent. Le matin, quand j'ai ouvert les yeux, le monde n'avait pas changé. J'ai écarté les draps et je suis resté allongé là, alors que la chaleur entrait par la fenêtre ouverte.

J'ai allumé la radio. Une chanson d'amour. Une fille qui pleure parce que son mec l'a quittée. Pas ma chanson préférée. Pas mon groupe préféré. Pas mon sujet préféré.

J'avais quinze ans.

Je m'ennuyais.

J'étais malheureux.

Le présentateur hurlait des phrases énervantes. Des évidences du genre : « C'est l'été ! Il fait drôlement chaud ! » Comme chaque matin, il a diffusé la musique d'un feuilleton débile pour réveiller ses auditeurs. « Debout El Paso ! Nous sommes le lundi 15 juin 1987 ! 1987 ! Incroyable, non ? » Puis, avant de lancer la version de *La Bamba* par Los Lobos, il a rendu un hommage vibrant à Ritchie Valens, l'interprète original de la chanson, mort dans un crash d'avion en 1959.

La Bamba. Ça, je pouvais supporter.

J'ai laissé tomber mes pieds sur le plancher, tout en remuant la tête au rythme de la chanson. À quoi Ritchie avait-il pensé avant que l'avion ne s'écrase ?

« Ça y est, mec, la musique c'est fini »… ?

Dire que sa carrière ne faisait que commencer. Triste.

Deux

JE SUIS ENTRÉ DANS LA CUISINE. MA MÈRE préparait le déjeuner pour une réunion avec ses amies de la paroisse. Je me suis versé un verre de jus d'orange.

Elle m'a souri.

— Tu pourrais dire bonjour.

— Je pourrais.

— Bon. Au moins tu es sorti de ton lit.

— J'ai dû y réfléchir un bon moment.

— Mais qu'est-ce que les garçons ont avec le sommeil ?

— On est doués pour ça.

Elle a ri

— En fait, je ne dormais pas. J'écoutais *La Bamba*.

— Ritchie Valens... (Elle a soupiré.) C'est tellement triste qu'il soit mort si jeune.

— Oui mais lui, au moins, il a accompli quelque chose, il a vraiment laissé une trace. Moi, qu'est-ce que j'ai fait ?

— Tu as le temps. Tu as tout le temps.

Une éternelle optimiste, ma mère.

— Il faudrait déjà que je sois quelqu'un.

Elle m'a regardé d'un air interrogateur.

— J'ai quinze ans.

— Je sais quel âge tu as.

— Les gens de quinze ans ne sont pas « quelqu'un ».

13

Elle a ri. Elle était professeur de lycée. Je savais qu'elle était en partie d'accord avec moi.

— Alors, c'est pour quoi, cette grande réunion ?

— Nous réorganisons la banque alimentaire.

— La banque alimentaire ?

— Tout le monde devrait manger à sa faim.

Ma mère était sensible à la pauvreté. Elle l'avait bien connue. Elle savait des choses sur la faim que j'ignorais.

— Tu pourrais peut-être nous aider ?

— Bien sûr.

Je détestais faire du bénévolat. Le problème, c'est que ma vie était l'idée de quelqu'un d'autre.

— Qu'est-ce que tu vas faire de ta journée ?

La question ressemblait à un défi.

— Je vais rejoindre un gang.

— Ce n'est pas drôle.

— Je suis mexicain. Ce n'est pas ce qu'on est censés faire ?

— Tu n'es vraiment pas drôle.

Tout ce que je voulais, c'était sortir de la maison.

Lorsque les amies catholiques de ma mère venaient, j'avais l'impression d'étouffer. Pas tellement parce qu'elles avaient toutes plus de cinquante ans, ni même à cause de leurs commentaires sur moi. Elles me prenaient par les épaules en disant : « Laisse-moi te regarder. *Dejame ver. Ay que muchacho tan guapo !* Tu ressembles à ton papa ! » Franchement, il n'y avait pas grand-chose à voir. Ce n'était que moi. Et oui, je ressemblais à mon père. Rien d'extraordinaire à ça.

Par contre, ce qui m'énervait vraiment c'était que ma mère avait plus d'amis que moi. Pathétique, non ?

J'ai décidé d'aller nager à la piscine du Memorial Park. Ça n'avait rien d'une idée de génie, non, mais au moins c'était la mienne.

Alors que je passais la porte, ma mère a pris la serviette que j'avais posée sur mon épaule et l'a remplacée par une autre.

Dans le monde de ma mère, il existait des règles concernant les serviettes que je ne comprenais pas. Mais ces règles ne se limitaient pas aux serviettes.

Elle a jeté sur mon tee-shirt un regard désapprobateur. Avant qu'elle ne m'oblige à me changer, je lui ai moi aussi jeté un regard noir.

— C'est mon tee-shirt préféré.

— Tu ne l'as pas déjà mis hier ?

— Si. C'est Carlos Santana.

— Je sais qui c'est.

— Papa me l'a offert pour mon anniversaire.

— Si je me souviens bien, tu n'étais pas particulièrement ravi lorsque tu as ouvert le cadeau de ton père.

— J'espérais autre chose.

— Autre chose ?

— Oui. Franchement, un tee-shirt pour mon anniversaire… (J'ai regardé ma mère.) Je ne le comprends pas.

— Il n'est pas si compliqué, Ari.

— Il ne parle pas.

— Ce n'est pas parce qu'on parle qu'on est sincère.

— Oui, bon. En tout cas, maintenant j'adore ce tee-shirt.

— Je vois ça.

Elle a souri.

— Papa l'a rapporté de son premier concert.

— J'y étais. Je m'en souviens. Il est vieux et miteux.

— Je suis sentimental.

— Ça doit être ça.

— Maman, c'est l'été !

— Oui. C'est l'été.

— Les règles sont différentes.

— Les règles sont différentes.

J'adorais les règles de l'été. Ma mère les subissait.

Elle m'a recoiffé du bout des doigts.

— Promets-moi que tu ne le porteras pas demain.

— Promis. Si tu ne le mets pas au sèche-linge.

— Peut-être que tu devrais le laver toi-même.

Elle m'a souri.

— Évite de te noyer.

— Si ça arrive, ne te débarrasse pas du chien.

L'histoire du chien était une blague. Nous n'en avions pas. Maman comprenait mon humour. Je comprenais le sien. On s'entendait bien. Pourtant elle demeurait un mystère.

Je comprenais parfaitement pourquoi mon père était tombé amoureux d'elle. Par contre, la réciproque m'échappait. Une fois, quand j'avais six ou sept ans, je m'étais emporté contre mon père parce que j'avais voulu qu'il joue avec moi, et lui avait juste semblé ailleurs. Comme si je n'avais pas été là. Avec toute ma colère d'enfant, j'avais demandé à ma mère : « Pourquoi tu t'es mariée à un type pareil ? »

Elle m'avait souri et m'avait recoiffé du bout des doigts. Ça a toujours été son truc. En me regardant droit dans les yeux, elle avait calmement répondu : « Ton père était magnifique. »

J'aurais voulu lui demander où était passée toute cette beauté.

Trois

IL FAISAIT TELLEMENT CHAUD DEHORS QUE MÊME les lézards ne se montraient pas.

Les oiseaux ne volaient pas. Le goudron fondait. Le ciel était blanc et j'ai imaginé que tout le monde avait fui la ville et sa chaleur. Ou peut-être que tout le monde était mort comme dans un film de science-fiction, et que j'étais le dernier homme sur terre. Mais soudain, un groupe de mecs du quartier est passé devant moi à vélo ; j'ai regretté de ne pas être le dernier homme sur terre. Ils riaient et faisaient les cons, ils avaient l'air de s'amuser. L'un d'eux m'a crié :

— Hé, Mendoza, tu traînes avec tes potes ?

J'ai fait semblant de rire à sa blague, ha, ha, ha. Puis je lui ai fait un doigt d'honneur.

Un autre s'est mis à me tourner autour sur son vélo.

— Recommence, pour voir.

J'ai recommencé.

Il s'est arrêté devant moi et m'a fixé pour m'obliger à baisser les yeux.

Ça n'a pas marché. Je savais qui il était. Son frère, Javier, m'avait provoqué un jour. Je lui avais écrasé mon poing sur la figure. Ennemis pour la vie. Je ne le regrettais pas. Oui, j'avais le sang chaud. J'avoue.

— Me fais pas chier, Mendoza.

Comme s'il pouvait me faire peur.

Je lui ai refait un doigt que j'ai pointé en direction de son visage, comme un flingue. Il est parti. J'avais peur de beaucoup de choses, mais pas des gars comme lui.

La plupart des mecs ne m'emmerdaient pas. Pas même ceux qui se déplaçaient en bande. Ils m'ont dépassé à vélo en m'insultant. Ils avaient treize ou quatorze ans et ça les amusait de faire chier des gars comme moi. Alors que leurs voix s'éloignaient, j'ai commencé à m'apitoyer sur mon sort.

J'étais passé maître dans l'art de m'apitoyer sur mon sort. Je crois qu'une partie de moi s'y complaisait. Sans doute parce que j'étais enfant unique, sans l'être vraiment.

Mes sœurs, des jumelles, avaient douze ans de plus que moi. Douze ans, autant dire une vie. Elles m'avaient toujours traité comme un bébé, un jouet ou un animal de compagnie. J'adore les chiens, mais parfois j'avais l'impression de n'être rien d'autre que la mascotte de la famille. *Mascota*, c'est le mot espagnol pour animal de compagnie. Super. Ari, la mascotte.

J'avais un frère aussi. Il avait onze ans de plus que moi et était encore plus inaccessible que mes sœurs. Je ne pouvais même pas prononcer son nom. Qui aime parler d'un frère aîné en prison ? Pas mes parents. Ni mes sœurs. Je crois que le silence qui entourait mon frère m'affectait. Ne pas parler peut rendre très seul.

À l'époque où mes sœurs et mon frère sont nés, mes parents étaient jeunes et avaient du mal à joindre les deux bouts. Ils aimaient beaucoup cette expression. Après la naissance de trois enfants et après avoir tenté de finir ses études, mon père s'était enrôlé dans les Marines. Puis il était parti à la guerre.

La guerre l'avait changé.

À son retour au pays, j'étais né.

Parfois, je me dis que mon père est couvert de cicatrices. Dans son cœur. Dans sa tête. Partout. Ce n'est pas facile d'être le fils d'un homme qui a fait la guerre. À l'âge de huit ans, j'avais entendu ma mère parler avec ma tante Ophelia au téléphone. « Je crois que, pour lui, la guerre ne finira jamais. » Plus tard, j'avais interrogé ma tante.

— Pourquoi la guerre continue pour papa ?

— Parce que ton père a une conscience.

— Qu'est-ce qu'il lui est arrivé à la guerre ?

— Personne ne sait.

— Pourquoi il le dit pas ?

— Parce qu'il ne peut pas.

À huit ans, je ne savais rien de la guerre, ni de ce que signifiait avoir une conscience. Tout ce que je savais, c'est qu'il arrivait à mon père d'être triste. Je ne le supportais pas. Ça *me* rendait triste. Et je n'aimais pas ça.

J'étais donc le fils d'un homme qui portait tout le Vietnam en lui. J'avais de quoi m'apitoyer sur mon sort. Et avoir quinze ans n'aidait pas. Parfois, je me disais qu'avoir quinze ans était la pire tragédie qui soit.

Quatre

AVANT D'ENTRER DANS LA PISCINE, JE DEVAIS ME doucher.

C'était la règle. Je détestais me laver au milieu d'autres garçons. Je ne sais pas pourquoi, mais je n'aimais pas. Certains adoraient discuter, comme si c'était normal de prendre sa douche avec des potes tout en parlant du prof qu'on déteste, du dernier film qu'on a vu, ou de filles. Pas moi. Je n'avais rien à dire. Pas mon truc, tous ces mecs sous la douche.

J'ai plongé les pieds dans l'eau du petit bassin.

Que faire à la piscine quand on ne sait pas nager ? Apprendre, je suppose. Je ne savais que flotter. J'ignore comment, mais j'avais réussi à mettre en pratique un principe de physique fondamentale. Et le plus beau, c'est que j'avais fait cette découverte tout seul.

Tout seul. Je n'étais pas très doué pour demander de l'aide, une mauvaise habitude héritée de mon père. De toute façon, les maîtres nageurs, qui se faisaient appeler « sauveteurs », étaient des nases. Aider un petit maigrelet de quinze ans ne les intéressait pas. Ils étaient obsédés par les seins des filles. J'avais entendu un sauveteur parler avec un autre alors qu'il était censé surveiller un groupe d'enfants. « Une fille, c'est comme un arbre. On a qu'une seule envie, grimper dessus et lui arracher ses feuilles. »

L'autre type avait rigolé. « T'es vraiment un porc.

— Nan, un poète. »

Puis ils avaient éclaté de rire.

Ouais, de vrais Baudelaire ces deux-là.

En fait, je n'avais aucune envie de traîner avec des mecs. Ils me mettaient mal à l'aise. Je ne sais pas pourquoi. Vraiment. Je crois que ça me gênait sérieusement d'être un mec. Et ça me déprimait de penser qu'en grandissant je pourrais devenir comme l'un de ces connards. Une fille, c'est comme un arbre ? Ouais, et un mec c'est aussi intelligent qu'un bout de bois mort infesté de termites. Ma mère aurait dit qu'ils traversaient une phase. Qu'ils récupéreraient leurs cerveaux bientôt. Ouais, sûrement.

Peut-être que la vie n'était qu'une série de phases. Dans deux ans, je traverserais peut-être la même que ces sauveteurs. Mais je ne croyais pas tellement à la théorie des phases de ma mère. Pour moi ça ressemblait plus à une excuse qu'à une explication. À mon avis, elle ne comprenait pas les garçons. Moi non plus d'ailleurs. Pourtant j'en étais un.

J'avais l'impression que quelque chose clochait chez moi. Que j'étais une énigme, surtout pour moi-même. En clair, j'avais un problème.

En tout cas, une chose était certaine : je ne demanderais pas à ces crétins de m'apprendre à nager. Je préférais encore rester seul et me noyer.

Alors je me suis mis dans mon coin à flottiller. Je ne peux pas dire que je m'amusais.

C'est là que j'ai entendu sa voix, un peu haut perchée.

— Je peux t'apprendre à nager si tu veux.

Je me suis redressé dans l'eau, les yeux éblouis par le soleil. Il était assis au bord de la piscine. Je l'ai regardé avec méfiance. Un type qui proposait de m'apprendre à nager ? Il ne devait vraiment pas avoir de vie. Deux losers ensemble ? Ouh ! on allait se marrer !

J'avais une règle : mieux valait s'ennuyer seul qu'accompagné. Je la respectais scrupuleusement. Ce qui expliquait peut-être pourquoi je n'avais pas d'amis.

Il me fixait. Il attendait une réponse. Il a répété :

— Je peux t'apprendre à nager.

J'aimais bien sa voix. On avait l'impression qu'elle était sur le point de casser.

— T'as une drôle de voix.

— C'est à cause de mes allergies.

— T'es allergique à quoi ?

— À l'air.

Ça m'a fait rire.

— Je m'appelle Dante.

Ça m'a fait encore plus rire.

— Désolé.

— Pas de souci. J'ai l'habitude qu'on se moque de mon nom.

— Oh non. C'est juste que je m'appelle Aristote.

Ses yeux se sont illuminés. Nous avons tous deux été pris d'un fou rire.

— Mon père est professeur de littérature, a expliqué Dante.

— Au moins tu as une bonne excuse. Mon père est postier. Aristote était le prénom de mon grand-père. Et mon premier prénom, c'est Angel.

— Tu t'appelles Angel Aristote ?

— Eh oui.

Nous avons à nouveau éclaté de rire. Pourquoi ? À cause de nos noms ? Parce que nous étions soulagés ? Heureux ? Le rire… l'un des grands mystères de la vie.

— Pendant longtemps, j'ai dit aux gens que je m'appelais Dan. Mais j'ai arrêté. Ce n'était pas honnête. Et puis, je me faisais toujours démasquer. J'avais l'impression d'être un menteur doublé d'un idiot. Et j'avais honte d'avoir eu honte de moi.

Il a haussé les épaules.

— Tout le monde m'appelle Ari.

— Content de te rencontrer, Ari.

J'ai aimé la façon dont il a dit : « Content de te rencontrer, Ari. » Comme s'il le pensait.

— OK, apprends-moi à nager.

J'ai répondu comme si je lui faisais une fleur. Soit il n'a pas remarqué, soit il s'en fichait.

Dante était un professeur précis et un nageur accompli. Pour lui, la natation était un mode de vie. L'eau était un élément qu'il aimait et respectait. Il en comprenait la beauté et les dangers. Il avait quinze ans. Il avait l'air un peu fragile, mais ne l'était pas. Il était discipliné, fort, cultivé, drôle et ne faisait pas semblant d'être idiot ou normal. Il n'était ni l'un ni l'autre.

Il était féroce aussi – enfin, il pouvait l'être – mais surtout, il n'y avait pas une once de méchanceté en lui. Je ne comprenais pas comment il pouvait vivre dans un monde aussi malveillant sans que ça ne déteigne sur lui.

Dante était devenu un mystère de plus dans l'univers.

Tout cet été-là, nous avons nagé, lu des bandes dessinées, des livres et débattu dessus. Nous n'étions jamais d'accord. Dante avait tous les vieux *Superman* de son père. Il les adorait. Moi, j'aimais *Batman*, *Spiderman* et *L'Incroyable Hulk*.

— Trop sombre, avait commenté Dante.

— Dit le gars qui adore *Au cœur des ténèbres*.

— C'est différent, Conrad c'est de la littérature.

Pour moi, les BD appartenaient à la littérature. Ce n'était pas l'avis de Dante qui ne plaisantait pas dès qu'il s'agissait de lettres. Je ne me souviens pas d'avoir gagné un seul débat contre lui. Il argumentait mieux que moi. C'était un meilleur lecteur aussi. C'est pour lui que j'ai lu Conrad. Quand j'ai eu fini, je lui ai dit que j'avais détesté.

— À part pour une chose. Conrad a raison : ce monde est cruel.

— Le tien peut-être, Ari, pas le mien.

— Ouais, ouais.

— Ouais, ouais.

En fait, je lui avais menti. J'avais adoré le livre. J'avais trouvé que c'était la plus belle œuvre que j'avais jamais lue. Quand mon père avait découvert ce que je lisais, il m'avait confié que c'était l'un de ses livres préférés. J'aurais voulu lui demander s'il l'avait lu avant ou après le Vietnam mais je ne l'avais pas fait. Ce n'était pas une bonne idée de lui poser des questions. Il ne répondait jamais.

Dante lisait parce qu'il aimait ça. Moi, parce que je n'avais rien d'autre à faire. Il analysait les choses. Je ne faisais que les lire. Je devais sûrement chercher plus de mots dans le dictionnaire que lui.

J'étais plus sombre également, et je ne parle pas seulement de nos couleurs de peau.

Selon lui, j'avais une vision tragique de la vie.

— C'est pour ça que tu aimes *Spiderman*.

— Je suis juste plus mexicain que toi. Les Mexicains sont tristes.

— Peut-être.

— Toi, tu es l'Américain optimiste.

— C'est une insulte ?

— Possible.

Nous avons ri. Nous passions notre temps à rire.

Nous ne nous ressemblions pas, mais nous avions quelques points communs. Par exemple, aucun de nous deux n'avait le droit de regarder la télévision pendant la journée. Nous avions grandi avec des phrases du genre : « Sors ! Va faire quelque chose ! Le monde t'appartient... »

Un jour, Dante m'a demandé :

— Tu crois que nos parents ont raison ? Que le monde nous appartient ?

— J'en doute.

Il a ri.

C'est là que j'ai proposé :

— Prenons le bus et allons voir le monde.

Nous adorions les trajets en bus. Parfois, nous y passions des après-midi entiers.

— Les riches ne prennent pas le bus, ai-je remarqué.

— C'est pour ça que nous, on aime ça.

— Tu penses qu'on est pauvres ?

— Non. (Il a souri.) Mais si on fuguait de chez nous, on le serait.

Sa réflexion m'a fait réfléchir.

— Tu le ferais ? Tu fuguerais ?

— Non.

— Pourquoi pas ?

— Tu veux que je te confie un secret ?

— Bien sûr.

— J'adore mes parents.

Ça m'a vraiment fait sourire. Je n'avais jamais entendu quiconque dire ça. Personne n'adore ses parents. Sauf Dante.

Ensuite, il m'a chuchoté à l'oreille :

— La femme à deux rangées de nous. Je crois qu'elle a une liaison.

— Comment tu le sais ?

— Elle a retiré son alliance en montant dans le bus.

Nous inventions des histoires sur les autres passagers. Pour ce que nous en savions, ils faisaient pareil de leur côté.

Je n'avais jamais été proche de quelqu'un. J'étais plutôt solitaire. J'avais joué au basket, au base-ball, et j'avais été louveteau, mais j'avais toujours gardé mes distances avec les autres garçons. Je n'avais jamais eu le sentiment de faire partie de leur monde.

Les garçons. Je les regardais. Je les étudiais. Au final, ils me dégoûtaient.

Je ne crois pas que c'était de l'arrogance, simplement je ne savais pas comment leur parler, comment me comporter avec eux. Je ne me sentais pas à ma place.

À l'âge de devenir scout, j'avais dit à mon père que je n'irais pas.

« Essaie un an », m'avait-il proposé. Il savait que j'aimais me battre. Il essayait de me tenir éloigné des gangs. De m'empêcher de devenir comme mon frère qui avait fini en prison. Donc, à cause de ce frère, dont l'existence ne devait même pas être mentionnée, il fallait que j'aille chez les scouts. Ça craignait. Pourquoi est-ce que je devais être un bon garçon sous prétexte que mon frère était un *bad boy* ? Je détestais la logique de mes parents.

Mais j'avais fait plaisir à mon père. J'y étais allé pendant un an. J'avais détesté, sauf quand on avait appris le massage cardiaque et le bouche-à-bouche. Enfin, je n'aimais pas trop souffler dans la bouche de quelqu'un d'autre. Ça me faisait flipper. Mais, je ne sais pas pourquoi, tout l'exercice me fascinait. Quoi qu'il en soit, après avoir reçu le badge attestant que je savais ramener une personne à la vie, j'étais rentré à la maison et j'avais dit à mon père que je quittais les scouts.

« Je crois que tu fais une erreur » avait été son seul commentaire.

Ça va, je vais pas terminer en taule. Voilà ce que j'avais eu envie de lui répondre. Au lieu de quoi, j'avais simplement rétorqué : « Si tu m'obliges à y retourner, je te jure que je me mets à fumer des joints. »

Mon père m'avait regardé d'un drôle d'air. « C'est ta vie. » Tu parles. Un autre truc au sujet de mon père : il ne faisait jamais la morale. Enfin, pas vraiment. Ça m'énervait. Il n'était pas méchant et n'avait pas mauvais caractère. Il parlait par phrases courtes : « Essaie. » « Tu es sûr ? »

Pourquoi ne disait-il pas les choses ? Comment le connaître s'il ne me laissait pas communiquer avec lui ?

Dans l'ensemble, ça allait. J'avais des amis au collège. Enfin, presque. Je n'étais pas hyper populaire. Pour ça, il faut faire croire aux gens qu'on est drôle et intéressant, et je n'ai jamais été bon comédien.

Pendant un temps, j'avais traîné avec deux mecs, les frères Gomez. Mais ils avaient déménagé. Et il y avait deux filles, Gina Navarro et Susie Byrd, dont le passe-temps préféré était de me tourmenter. Les filles aussi étaient un mystère pour moi.

Enfin, je ne m'en sortais pas trop mal. Personne ne m'aimait mais je n'étais pas non plus un de ces gamins que tout le monde déteste.

Je savais me battre, donc on me laissait tranquille.

J'étais plutôt invisible, ce qui me convenait.

Jusqu'à l'arrivée de Dante.

cinq

APRÈS MA QUATRIÈME LEÇON DE NATATION, Dante m'a invité chez lui. Il vivait tout près de la piscine, dans une grande maison ancienne, face au parc.

Il m'a présenté à son père. Je n'avais jamais rencontré d'Américain d'origine mexicaine qui soit professeur de littérature. Je ne savais même pas qu'il en existait. Et franchement, il ne ressemblait pas à un professeur. Il était jeune, beau et décontracté. Il semblait avoir conservé une part d'enfance et être tombé amoureux de la vie. Rien à voir avec mon père qui se tenait toujours à l'écart du monde et cachait en lui des ténèbres que je ne comprenais pas. Il n'y avait aucune ombre dans les yeux noirs du père de Dante. Ils avaient même l'air lumineux.

Cet après-midi-là, il portait un jean et un tee-shirt et il lisait un livre dans son bureau, assis dans un fauteuil en cuir. Je n'avais jamais rencontré quelqu'un qui ait un bureau dans sa propre maison.

Dante l'a embrassé sur la joue. Je n'aurais jamais fait ça. Jamais.

— Tu ne t'es pas rasé ce matin, papa.

— C'est l'été.

— Ce qui veut dire que tu ne travailles pas.

— Ce qui veut dire que je dois finir d'écrire mon livre.

— Écrire un livre ce n'est pas travailler.

Le père de Dante est parti d'un grand rire.

— Tu as encore beaucoup à apprendre sur le travail.

— C'est l'été, papa. Je ne veux pas entendre parler de travail.

— Tu ne veux jamais en entendre parler.

Dante n'appréciait pas le tour que prenait la conversation et il a tenté de changer de sujet.

— Tu vas te laisser pousser la barbe ?

— Non. Il fait trop chaud. Et puis, ta mère refuse de m'embrasser si je ne me rase pas plusieurs jours d'affilée.

— Ouah, elle est stricte.

— Oui.

— Et qu'est-ce que tu ferais sans ses baisers, hein ?

Son père a levé les yeux vers moi.

— Comment fais-tu pour le supporter ? Tu dois être Ari.

— Oui, monsieur.

J'étais nerveux. Je n'avais pas l'habitude de rencontrer les parents des autres. Et la plupart de ceux que j'avais vus ne s'étaient absolument pas intéressés à moi.

Il s'est levé de son fauteuil, a posé son livre et m'a serré la main.

— Je m'appelle Sam. Sam Quintana.

— Ravi de vous rencontrer, monsieur Quintana.

J'avais entendu cette phrase, « Content de vous rencontrer », un millier de fois. Quand Dante l'avait prononcée, il avait eu l'air sincère. Mais quand, moi, je l'ai dite, je me suis senti stupide et banal.

— Tu peux m'appeler Sam.

— Non, je ne peux pas.

J'aurais voulu disparaître.

Il a jeté un regard à son fils.

— Ce jeune homme est très respectueux. Tu devrais en prendre de la graine, Dante.

— Tu veux que je t'appelle monsieur Quintana ?

Tous deux se sont retenus de rire, puis M. Quintana a reporté son attention sur moi :

— Comment se passent les cours de natation ?

— Dante est un bon professeur.

— Dante est doué pour beaucoup de choses, mais pas tellement pour ranger sa chambre. « Ranger » doit trop ressembler à « travailler ».

Dante l'a fusillé du regard.

— C'est un message subliminal ?

— Tu comprends vite. Tu dois tenir ça de ta mère.

— Ne fais pas le malin, papa.

— Qu'est-ce que tu viens de dire ?

— L'expression ne te plaît pas ?

— Si, mais ton attitude non.

Dante a levé les yeux au ciel et s'est assis dans le fauteuil de son père. Il a retiré ses baskets.

— Ne t'installe pas.

Son père a pointé le plafond du doigt.

— Il y a une porcherie là-haut et ton nom est marqué sur la porte.

Leur entente, la façon simple et affectueuse dont ils se parlaient, comme si l'amour entre un père et son fils était facile, m'ont fait sourire. Parfois, ma mère et moi avions ce genre de rapport. Parfois. Mais mon père et moi ne partagions pas ça. Je me suis demandé ce que ça me ferait d'entrer dans une pièce et d'embrasser mon père.

Nous avons monté l'escalier et Dante m'a montré sa chambre. Elle était grande, avec un plafond haut, du parquet et des fenêtres qui laissaient entrer beaucoup de lumière. Il y avait de tout partout : des vêtements éparpillés sur le sol, une pile de vieux albums, des livres dans tous les coins, des blocs-notes griffonnés, des polaroïds, deux appareils photo, une guitare sans cordes, des partitions et un tableau de liège couvert de papiers et de photos.

Il a décidé de mettre de la musique. Il avait un tourne-disque.

— Il était à ma mère. Elle allait le jeter. Tu te rends compte ?

Il a choisi son album préféré, *Abbey Road* des Beatles.

— Un vinyle. Pas une de ces merdes de cassettes.

— Qu'est-ce que tu as contre les cassettes ?

— Je ne leur fais pas confiance.

J'ai trouvé sa réflexion à la fois drôle et bizarre.

— Les disques se rayent facilement.

— Pas si tu en prends soin.

J'ai embrassé du regard sa chambre sens dessus dessous.

— C'est vrai que t'as l'air de prendre vachement soin de tes affaires.

Il ne s'est pas fâché. Il a ri.

— Je vais ranger ma chambre.

— Je devrais peut-être te laisser.

— Non, reste. Je déteste ranger ma chambre. Si tu es là, ce sera moins pénible.

— Ça irait plus vite si tu avais moins de choses.

— C'est juste des trucs.

Je n'ai rien répondu. Je n'avais pas de trucs.

— OK. Tu veux que je t'aide ?

— Non. C'est mon boulot, a-t-il répondu avec une pointe de résignation. Comme dirait ma mère : « C'est ta responsabilité, Dante. » Elle trouve que mon père ne me met pas assez la pression. À quoi elle s'attendait ? Ce n'est pas son genre. Elle l'a épousé, elle devrait le savoir.

— Tu analyses tout le temps tes parents ?

— Ils nous analysent bien, non ?

— C'est leur boulot, Dante.

— Tu n'analyses pas tes parents ?

— Si mais, franchement, je ne les comprends pas.

— Ben, moi j'ai cerné mon père, mais pas ma mère. Elle est le plus grand mystère de l'univers. Elle est vraiment imprévisible. Totalement insondable.

« Insondable ». Il faudrait que je cherche ce mot dans le dictionnaire en rentrant.

Dante m'a regardé comme si c'était mon tour de dire quelque chose.

— En gros j'ai cerné ma mère. Mais mon père, lui aussi est insondable.

En utilisant ce mot, je me suis senti comme un imposteur. Peut-être que c'était ça mon problème, peut-être que je n'étais pas un vrai garçon. J'étais un imposteur.

Dante m'a tendu un livre de poésie.

— Lis ça.

Je n'avais jamais lu de poèmes et je n'étais pas sûr d'en avoir envie. Je l'ai regardé d'un air ahuri.

— C'est de la poésie. Ça va pas te tuer.

— Et si ça arrive ? Imagine les titres des journaux : « Un garçon meurt d'ennui ».

Il a eu bien du mal à se retenir de rire et il a commencé à ramasser ses vêtements.

Il a indiqué sa chaise.

— Assieds-toi.

Des livres d'art encombraient le siège. J'en ai fait une pile que j'ai posée par terre. Parmi eux, j'ai trouvé un carnet.

— Qu'est-ce que c'est ?

— Un carnet de croquis.

— Je peux voir ?

Il a fait non de la tête.

— Je ne les montre à personne.

Intéressant. Il avait donc des secrets.

Il a désigné le recueil.

— Vraiment, ça ne te tuera pas.

Tout l'après-midi, Dante a nettoyé et j'ai lu des poèmes d'un certain William Carlos Williams. Je n'avais jamais entendu parler de lui, mais bon, je ne connaissais aucun poète. J'ai compris certains passages. Pas tout. Je n'ai pas détesté. C'était intéressant, pas idiot, ni fleur bleue, ni hyper intello… idée que je me faisais de la poésie. Je me suis dit que les poèmes étaient comme les gens. On en comprend certains immédiatement, d'autres jamais.

La précision de Dante m'a impressionné. Lorsque nous étions entrés dans sa chambre, c'était un champ de bataille. Une fois qu'il a eu terminé, chaque chose était à sa place.

Le monde de Dante était en ordre.

Il avait rangé ses livres sur une étagère et laissé sur son bureau ceux qu'il avait prévu de lire. Il avait un bureau. Un vrai bureau. Quand je devais écrire quelque chose, j'utilisais la table de la cuisine.

Il m'a pris le recueil des mains et a lu un poème.

L'image était parfaite : lui, dans sa chambre immaculée, les rayons du soleil traversant la pièce. J'ai aimé le son de sa voix ; c'était comme s'il avait écrit le poème. Je me fichais de ne pas tout comprendre. Tout ce qui comptait c'était la sincérité qui se dégageait de sa voix. Jusqu'à ma rencontre avec lui, il m'était extrêmement difficile de passer du temps avec des gens. Mais Dante rendait la vie légère.

Une fois chez moi, j'ai cherché le mot « insondable » dans le dictionnaire. La définition disait : « qui est très difficilement compréhensible ». J'ai noté les synonymes dans mon journal intime. « Obscur », « indéchiffrable », « énigmatique », « mystérieux ».

Cet après-midi-là, j'avais appris deux nouveaux mots. « Insondable » et « ami ».

Six

UN JOUR, EN FIN D'APRÈS-MIDI, DANTE EST VENU
se présenter à mes parents. Qui fait des trucs pareils ?

— Je suis Dante Quintana.

— Il m'a appris à nager.

Je ne sais pas pourquoi mais j'avais besoin de le confesser à
mes parents. J'ai regardé ma mère.

— Tu m'as demandé d'éviter de me noyer, alors j'ai trouvé
quelqu'un pour m'aider à tenir ma promesse.

Mon père a jeté un coup d'œil à ma mère. Je crois qu'ils se
souriaient. Ils semblaient se dire : « Il a enfin trouvé un ami. »
Ça me rendait dingue.

Dante a serré la main de mon père avant de lui tendre un livre.

— Je vous ai apporté un cadeau.

Je l'avais vu sur la table basse du salon de ses parents. C'était
un beau livre sur des peintres mexicains. En spectateur, j'observais Dante. Avec ses cheveux longs qu'il n'aimait pas coiffer,
il avait l'air d'un adulte, pas d'un adolescent de quinze ans.

Mon père a souri en feuilletant le livre.

— Dante, c'est trop, je ne peux pas accepter.

Il tenait le livre avec précaution pour ne pas l'abîmer. Mes
parents ont échangé un regard complice. Ils aimaient se parler
sans prononcer le moindre mot. Lorsqu'ils le faisaient, j'inven-
tais des dialogues imaginaires.

— C'est sur l'art mexicain, a dit Dante. Vous devez l'accepter.

Il cherchait un argument convaincant et incontestable.

— Mes parents ne voulaient pas que je vienne les mains vides.

Il était nerveux.

Ma mère a pris le livre et en a admiré la couverture.

— Quel bel ouvrage ! Merci, Dante.

— C'est mon père qu'il faut remercier. C'était son idée.

Mon père a souri. C'était la deuxième fois en moins d'une minute. Ce n'était pas courant. Il n'était pas vraiment le champion du sourire.

— Tu voudras bien remercier ton père pour moi, Dante ?

Mon père a repris le livre et s'est assis avec. Il le tenait comme un trésor. Mon père demeurait un mystère. Impossible de deviner ses réactions.

Sept

— IL N'Y A RIEN DANS TA CHAMBRE.
— Il y a un lit, un radio-réveil, un rocking-chair, une bibliothèque et des livres. Ce n'est pas rien.
— Il n'y a rien sur les murs.
— J'ai retiré mes posters.
— Pourquoi ?
— Je ne les aimais pas.
— T'es un vrai moine.
— Oui. Aristote le Moine.
— Tu n'as pas de hobbies ?
— Si. J'adore fixer les murs blancs.
— Peut-être que tu deviendras prêtre ?
— Il faut croire en Dieu pour devenir prêtre.
— Tu n'y crois pas ? Même pas un peu ?
— Peut-être un peu, mais pas beaucoup.
— Alors tu es agnostique ?
— Oui, un catholique agnostique.
Ça l'a bien fait rire.
— Je n'ai pas dit ça pour être drôle.
— Je sais, mais c'est drôle.
— Tu crois que c'est mal de… douter ?
— Non, je crois que c'est une marque d'intelligence.
— Je ne suis pas intelligent. Pas autant que toi, en tout cas.
— Tu es intelligent, Ari. Très. De toute façon, il n'y a

pas que l'intelligence qui compte. Les gens s'en moquent en général. Mon père m'a dit : « Dante, tu es un intellectuel. Il n'y a aucune raison d'en avoir honte. »

J'ai remarqué que son sourire était un peu triste. Peut-être tout le monde était-il un peu triste.

— Ari, j'essaie de ne pas avoir honte.

Je connaissais ce sentiment de honte. Sauf que Dante savait d'où il venait. Pas moi.

Je l'aimais bien, ce type. Je l'aimais vraiment bien.

Huit

MON PÈRE FEUILLETAIT LE LIVRE.

À l'évidence, il lui plaisait énormément. Et, grâce à cet ouvrage, j'ai appris quelque chose sur lui. Avant de s'enrôler dans l'armée, il avait fait des études d'arts plastiques. Cela ne correspondait pas à l'idée que je me faisais de lui, mais cette information m'a plu.

Un soir, il m'a appelé.

— Regarde, a-t-il dit en désignant une page. C'est une fresque d'un peintre qui s'appelait Orozco.

J'ai fixé la reproduction, mais j'étais plus intéressé par son doigt qui tapotait sur le livre en signe d'admiration. Ce doigt avait appuyé sur la gâchette d'un fusil pendant la guerre. Ce doigt avait caressé ma mère d'une façon qui m'échappait. Je voulais dire quelque chose, poser des questions. Mais les mots sont restés coincés dans ma bouche. Je me suis contenté de hocher la tête.

Je n'avais jamais imaginé mon père s'intéressant à l'art. Je le voyais comme un ancien Marine, devenu postier après la guerre du Vietnam, et qui n'aimait pas beaucoup parler.

J'aurais pu lui poser des questions, mais quelque chose dans ses yeux, son visage et son sourire en coin m'en a empêché. Je crois qu'au fond il ne voulait pas que je sache qui il était. Je me contentais donc de collecter des indices. Le voir lire ce livre en était un de plus. Un jour, tous les indices formeraient un tout et je percerais le mystère qui entourait mon père.

Neuf

UN JOUR, APRÈS LA PISCINE, NOUS SOMMES PASSÉS par l'épicerie. Dante a acheté un Coca et des cacahuètes, moi un Mars.

Il m'a proposé une gorgée de son Coca.

— J'aime pas le Coca.

— C'est bizarre.

— Pourquoi ?

— Tout le monde aime le Coca.

— Pas moi.

— Qu'est-ce que tu aimes ?

— Le café et le thé.

— C'est bizarre.

— OK, je suis bizarre.

Il a éclaté de rire. Nous parlions de choses et d'autres en marchant. Je crois que nous n'avions pas envie de rentrer chez nous. Soudain, il m'a demandé :

— Pourquoi les Mexicains aiment les surnoms ?

— Je ne sais pas. Pourquoi tu dis ça ?

— Tu sais comment mes tantes appellent ma mère ? Chole.

— Parce qu'elle s'appelle Soledad ?

— Tu vois ? Même toi tu connais le diminutif de Soledad.

— Pourquoi ça te dérange tant que ça ?

— Je ne sais pas, c'est bizarre.

— Tu tournes en boucle. « Bizarre », c'est le seul mot que tu connais aujourd'hui ?

Il a ri et avalé une poignée de cacahuètes.

— Ta mère a un petit nom ?

— Lilly. Elle s'appelle Liliana.

— C'est joli.

— Soledad aussi.

— Pas tellement. T'aimerais t'appeler Solitude ? C'est triste.

— Je ne trouve pas. C'est un très beau nom que ta mère porte très bien.

— Peut-être. En tout cas, Sam va parfaitement à mon père.

— Ouais.

— C'est quoi le prénom de ton père ?

— Jaime.

— Ça me plaît.

— Son vrai prénom c'est Santiago.

Dante a souri.

— Qu'est-ce que je te disais à propos des diminutifs ?

— Ça t'embête d'être mexicain, hein ?

— Non.

Je l'ai fixé en fronçant les sourcils.

— Si. Ça m'embête.

Je lui ai offert un morceau de mon Mars.

Il l'a mangé.

— Tu sais quoi, Ari ? Je crois que les Mexicains ne m'aiment pas.

— C'est bizarre que tu dises ça.

— Bizarre.

— Bizarre.

Dix

PAR UNE NUIT SANS LUNE, LES PARENTS DE DANTE nous ont emmenés dans le désert pour que l'on essaie son nouveau télescope. Sur la route, Dante et son père ont chanté à tue-tête des chansons des Beatles. Ils chantaient faux et s'en fichaient.

Ils étaient affectueux dans cette famille. Dès qu'il ouvrait la porte de chez lui, Dante embrassait ses parents sur la joue (ou eux l'embrassaient), comme si c'était tout à fait normal.

Je me demandais comment mon père réagirait si je faisais la même chose. Il ne m'engueulerait pas, mais bon… Enfin, je n'en savais rien.

La route jusqu'au désert fut longue. M. Quintana connaissait un bon coin pour observer les étoiles, loin des lumières de la ville.

Dante appelait ça la pollution lumineuse.

M. Quintana et Dante ont installé le télescope.

Je les ai regardés faire en écoutant la radio.

Mme Quintana m'a offert un Coca que j'ai accepté.

— Dante dit que tu es très intelligent.

Les compliments me rendaient nerveux.

— Pas autant que lui.

La voix de Dante a interrompu notre conversation.

— Je croyais que ce chapitre était clos, Ari.

— Quoi ? a demandé sa mère.

— Rien. C'est juste que la plupart des personnes intelligentes sont des cons.

— Dante ! Surveille ton langage ! s'est écriée sa mère. Pourquoi jures-tu autant ?

— Parce que c'est marrant, a répondu Dante.

M. Quintana a rigolé.

— Oui, enfin surtout quand ta mère est dans les parages.

Mme Quintana n'a pas apprécié.

— Tu l'encourages, Sam ?

— Soledad, je crois que…

Dante, l'œil dans le viseur du télescope, s'est exclamé :

— Papa ! Viens voir ça !

Tout le monde s'est tu.

Lorsque ç'a été mon tour de regarder dans la lunette, Dante m'a expliqué ce que je contemplais. Je n'ai pas entendu un mot car, alors que j'observais le vaste univers, il s'est passé quelque chose en moi. À travers le télescope, le monde m'a paru plus proche et plus grand que je ne l'imaginais. C'était si beau, si impressionnant ! J'ai soudain pris conscience que quelque chose en moi avait de l'importance.

Dante m'a chuchoté à l'oreille :

— Un jour, je découvrirai les secrets de l'univers.

J'ai souri.

— Et que feras-tu de tous ces secrets, Dante ?

— Je changerai le monde.

J'étais sûr qu'il le ferait.

Seul Dante Quintana pouvait dire une chose pareille. Je savais qu'il ne dirait jamais un truc crétin du genre « une fille, c'est comme un arbre ».

Cette nuit-là, nous avons dormi dans son jardin.

Par la fenêtre ouverte, nous entendions ses parents discuter dans la cuisine. Sa mère parlait en espagnol et son père en anglais.

— Ils font tout le temps ça, a dit Dante.
— Les miens aussi.
Nous avons tenté de regarder les étoiles.
— Trop de pollution lumineuse, ai-je déclaré.
— Trop de pollution lumineuse.

Onze

UNE INFORMATION IMPORTANTE AU SUJET DE Dante : il n'aimait pas porter des chaussures.

Nous allions jusqu'au parc à skateboard et là il se déchaussait et frottait ses pieds dans l'herbe. Il était même arrivé qu'il oublie ses baskets au cinéma et que nous ayons dû y retourner pour les récupérer.

Il les enlevait aussi dans le bus.

Une fois, j'étais allé à la messe avec lui. Assis sur le banc, il les avait délassées et retirées. Je l'avais fixé d'un air consterné. Il avait levé les yeux au ciel, pointé le crucifix du doigt et murmuré : « Jésus ne portait pas de chaussures. » Nous avions bien rigolé.

Lorsqu'il venait chez moi, il laissait ses chaussures sur la terrasse avant d'entrer. « Comme les Japonais. Ils n'apportent pas la saleté du monde dans la maison d'autrui », m'avait-il expliqué.

« Oui, avais-je répondu. Mais nous sommes mexicains, pas japonais.

— Nous ne sommes pas vraiment mexicains. Nous ne vivons pas au Mexique.

— Mais nos grands-parents en viennent.

— OK, OK. Mais que savons-nous du Mexique ?

— Nous parlons l'espagnol.

— Pas très bien.

— Parle pour toi, Dante. T'es vraiment un *pocho*.

— C'est quoi un *pocho* ?

— Un Mexicain qui se prend pour un Américain.

— OK, je suis peut-être un *pocho*. Mais on a le droit d'adopter d'autres cultures, non ? »

Je ne sais pas pourquoi, mais nous avons éclaté de rire.

Un jour, j'ai craqué et j'ai demandé à Dante ce qu'il avait contre les chaussures.

— Je ne les aime pas, c'est tout. Et cette personne qu'on appelle ma mère m'oblige à en porter. Elle m'a même fait la liste des maladies que je pourrais attraper. Et puis elle a ajouté que les gens pourraient me prendre pour un pauvre Mexicain. Que dans certains villages du Mexique, des garçons sont prêts à mourir pour une paire de chaussures. « Tu as la chance de pouvoir t'en payer. » Voilà ce qu'elle dit. Et tu sais ce que je lui réponds toujours ? « Non, je ne peux pas m'en payer puisque je n'ai pas de travail. » Elle ne supporte pas l'idée qu'on puisse me prendre pour un Mexicain pauvre. Et puis elle rétorque : « Être mexicain ne veut pas nécessairement dire pauvre. » J'aimerais lui dire : « Maman, il ne s'agit ni de pauvreté ni du fait d'être mexicain. Je n'aime pas les chaussures, c'est tout. » Mais je sais que son obsession vient de son enfance. Alors je me contente de hocher la tête lorsqu'elle répète : « Dante, nous pouvons te payer des chaussures. » Enfin, ce n'est pas un sujet passionnant.

Il a fixé le ciel.

— Porter des choses n'est pas naturel. Voilà mon postulat.

— Ton postulat ?

Parfois, il parlait comme une encyclopédie.

— Mon principe de base, si tu préfères.

— Ton principe de base ?

— Tu me regardes comme si j'étais dingue.

— Tu es dingue, Dante.

— Pas du tout. Pas du tout.

Il avait presque l'air fâché.

— OK. Tu n'es ni dingue ni japonais.

Il s'est accroupi et a délacé ses baskets tout en parlant.

— Retire tes pompes, Ari. Laisse-toi vivre.

Dans la rue, nous avons joué à un jeu inventé par Dante : le concours de celui qui lancerait ses baskets le plus loin.

Nous avions chacun un morceau de craie pour marquer l'endroit où les chaussures atterrissaient. Il a même emprunté le mètre ruban de son père.

— Pourquoi veux-tu mesurer ? La marque à la craie la plus éloignée a gagné. C'est simple.

— Nous devons connaître la distance exacte, a répliqué Dante.

— Pourquoi ?

— Parce que quand on fait un truc, on doit le faire précisément.

— Personne ne fait ça.

— Parce que les gens sont flemmards et indisciplinés.

— On t'a déjà dit que tu parlais comme un fou avec beaucoup de vocabulaire ?

— C'est la faute de mon père.

— Si tu es fou ou si tu as du vocabulaire ?

J'ai secoué la tête.

— C'est un jeu, Dante.

— Et alors ? Quand tu joues, tu ne veux pas être précis, Ari ?

— Ce n'est qu'un jeu...

— C'est notre version du lancer de javelot, n'est-ce pas ?

— En quelque sorte.

— On mesure précisément la distance parcourue par le javelot, non ?

— Oui, mais c'est un vrai sport.

— Ça aussi ! J'existe, tu existes, les chaussures et la rue aussi. Nous sommes réels !

— Mais ce n'est pas marrant s'il faut tout mesurer. Ce qui est sympa, c'est de lancer.

— Non, c'est le jeu dans son ensemble qui est marrant.

Je savais que je n'avais aucune chance d'avoir le dernier mot. Nous jouerions selon *ses* règles. Au final, Dante a remporté deux manches sur trois.

Son père est sorti de la maison.

— Qu'est-ce que vous faites ?

— On joue.

— Dante, je t'ai déjà dit que je ne voulais pas que tu joues dans la rue. Le parc est juste en face.

Il a désigné l'autre côté de la rue.

— Et…

Il s'est tu et a contemplé la scène.

— Vous jouez à jeter vos baskets ?

Dante n'avait pas peur de son père. Certes il n'était pas effrayant, mais c'était quand même son père. Dante n'a pas sourcillé, persuadé qu'il pouvait défendre sa position.

— Nous ne les jetons pas. C'est un jeu. Une version populaire du lancer de javelot.

Son père a pouffé de rire.

— Tu es le seul gosse au monde qui invente un jeu pour esquinter ses baskets. Ta mère va adorer.

— Tu n'es pas obligé de lui raconter.

— Si.

— Pourquoi ?

— Tu te souviens de la règle du zéro secret ?

— On joue en plein milieu de la rue, ce n'est pas un secret.

— C'en est un si on ne lui dit rien.

Il a eu un petit rictus. Il n'était pas en colère, mais il jouait son rôle de père.

— Allez dans le parc.

Nous avons trouvé un bon coin pour jouer dans le parc. J'observais Dante alors qu'il lançait sa chaussure de toutes ses forces. Son père avait raison. Dante avait trouvé un moyen d'abîmer ses baskets.

Douze

UN APRÈS-MIDI, APRÈS LA PISCINE, NOUS TRAÎNIONS sur la terrasse de sa maison.

Dante fixait ses pieds. Ça m'a fait sourire.

Il a voulu savoir ce qui me faisait sourire.

— Pourquoi ? Je n'ai pas le droit ?

— Tu ne me dis pas la vérité.

Dante était obsédé par la vérité.

Je n'étais pas comme lui, plutôt comme mon père. Un taiseux.

— OK. Je souriais parce que tu regardais tes pieds.

— C'est étrange que ça te fasse sourire.

— Qui, mis à part toi, regarde ses propres pieds ?

— Il n'y a rien de mal à étudier son corps, a répliqué Dante.

— C'est vraiment bizarre de dire ça.

Chez moi, on ne parlait pas de son corps.

— Bref.

— Bref.

— Tu aimes les chiens, Ari ?

— J'adore les chiens.

— Moi aussi. Ils n'ont pas à porter de chaussures.

J'ai pouffé de rire. Je me suis dit que l'une de mes fonctions dans la vie était de rire aux blagues de Dante. Sauf qu'il ne cherchait pas à être drôle. Il était simplement lui-même.

Il s'est enflammé.

— Je vais demander à mon père si je peux avoir un chien.

— Quel genre de chien ?

— Je ne sais pas. Un chien de la SPA, qui a été abandonné.

Soudain, nous avons entendu des cris provenant de l'autre côté de la rue où se trouvaient trois garçons un peu plus jeunes que nous. Deux d'entre eux avaient des carabines à plomb pointées vers un oiseau qu'ils venaient d'abattre.

— On en a eu un ! On en a eu un !

— Hé ! a hurlé Dante. Arrêtez !

Il était déjà au milieu de la rue lorsque j'ai compris ce qu'il était arrivé. Je lui ai couru après.

— Arrêtez ! Ça va pas, la tête !

Dante leur faisait de grands signes, il avait l'air fou.

— Donne-moi cette carabine, a-t-il dit à l'un des garçons. C'est interdit.

— Mon cul ! Et qu'est-ce que t'as l'intention de faire, connard ?

— Vous faire lâcher vos armes.

— Comment ?

— En te pétant la gueule et en te traînant jusqu'à la frontière mexicaine, ai-je dit.

J'avais peur qu'ils ne s'en prennent à Dante. J'avais dit ce qui m'était venu à l'esprit. Ces mecs n'étaient ni baraqués ni intelligents. Ils étaient bêtes et méchants et je savais très bien ce dont ils étaient capables. Dante n'était pas assez méchant pour se battre. Moi si. Je n'avais jamais eu de remords après avoir frappé un mec qui le méritait.

Nous sommes restés là à nous défier pendant un bon moment.

L'autre type s'apprêtait à pointer son fusil sur moi.

— Je ne ferais pas ça si j'étais toi.

J'ai tendu le bras et je lui ai arraché son arme. Tout est allé très vite. Il ne s'y attendait pas. Si j'avais appris une chose dans les bagarres, c'était à être rapide et à prendre l'autre par surprise. Ça marchait toujours. J'avais sa carabine dans les mains.

— T'as de la chance que je ne te l'enfonce pas là où ça fait mal.

J'ai jeté l'arme par terre. Je n'ai pas eu besoin de leur dire de dégager, ils sont partis en marmonnant des insanités.

Dante et moi nous sommes regardés.

— J'ignorais que tu aimais te battre.

— Pas vraiment.

— Si, si. Tu aimes ça.

— Peut-être. Moi je ne savais pas que tu étais un pacifiste.

— Non. C'est juste que je pense qu'il faut avoir une bonne raison de tuer des oiseaux.

Il me dévisageait.

— Tu sais balancer les insultes, aussi.

— Ne le dis pas à ta mère, Dante.

— Je ne le dirai pas à la tienne non plus.

Dante a baissé les yeux sur l'oiseau mort. Quelques minutes plus tôt, il était fou de rage. Maintenant, il était au bord des larmes.

— Je ne t'ai jamais vu aussi furieux, lui ai-je dit.

— Je ne t'ai jamais vu aussi furieux non plus.

Nous savions tous deux que nous étions furieux pour des raisons différentes.

— Ce n'est qu'un moineau, a repris Dante.

Il s'est mis à pleurer.

Je ne savais pas quoi faire. Je suis resté là, à le regarder.

Nous sommes retournés nous asseoir sur sa terrasse. Il a lancé ses baskets dans la rue avec hargne et colère. Il a essuyé ses larmes.

— Tu as eu peur ? m'a-t-il demandé.

— Non.

— Moi si.

Puis nous sommes restés silencieux. Je ne supportais pas le silence. J'ai fini par poser une question idiote.

— De toute façon, à quoi servent les oiseaux ?

Il m'a regardé avec étonnement.

— Tu ne sais pas ?

— Ben, non.

— Les oiseaux nous apprennent des choses sur le ciel.

— Tu le penses vraiment ?

— Oui.

J'ai voulu lui dire d'arrêter de pleurer, que ce que ces garçons avaient fait n'avait aucune importance. Mais je savais que c'était important pour lui. Et puis, ça lui faisait du bien de pleurer.

Il a fini par cesser de sangloter. Il a inspiré profondément et m'a demandé :

— Tu veux bien m'aider à l'enterrer ?

— Bien sûr.

Nous avons pris une pelle dans le garage de son père. J'ai ramassé l'oiseau sur la pelouse et je l'ai emporté dans le jardin de Dante. J'ai creusé un trou sous le laurier-rose et nous l'avons inhumé.

Nous n'avons pas prononcé un mot. Dante pleurait. Je me sentais mal car je n'avais pas envie de pleurer. Je n'avais aucun sentiment pour un oiseau. Même s'il ne méritait pas de se faire tuer par des gosses débiles, ça restait un oiseau.

J'étais plus dur que Dante. Je crois que j'avais essayé de le lui cacher parce que je voulais qu'il m'aime bien. Maintenant, il le savait, et cela m'inquiétait. Mais peut-être apprécierait-il ce trait de caractère autant que moi j'aimais qu'il soit doux.

Nous avions les yeux rivés sur la tombe de l'oiseau.

— Merci, a-t-il dit.

J'ai senti qu'il voulait être seul.

— À demain, ai-je murmuré.

— On ira nager.

— Ça marche.

Une larme coulait sur sa joue.

Sur le chemin de la maison, j'ai pensé aux oiseaux et à la signification de leur existence. Dante avait une réponse. Pas moi. Je ne m'étais même jamais posé la question.

La réponse de Dante me semblait sensée. En étudiant les oiseaux, peut-être apprenait-on à être libre. Je crois que c'était ce qu'il voulait dire. Je portais un nom de philosophe. Quelle était ma réponse ?

Et pourquoi certains garçons pleurent et pas d'autres ?

Assis sur la terrasse de ma maison, j'ai contemplé le coucher de soleil.

Je me sentais seul. J'aimais ce sentiment de solitude. Peut-être un peu trop.

J'ai pensé à Dante. Son visage était comme la carte d'un monde sans ténèbres.

Un monde sans ténèbres ! Quelle beauté !

Des moineaux tombaient du ciel

Lorsque j'étais enfant,
il m'arrivait de me réveiller
en pensant que c'était la fin du monde.

Un

LE LENDEMAIN DE L'ENTERREMENT DU MOINEAU, je me suis réveillé fiévreux.

J'avais mal à la tête et à la gorge ; j'avais mal partout. J'avais l'impression que mes mains ne faisaient pas partie de mon corps. J'ai perdu l'équilibre en essayant de me lever. Tout tournait autour de moi, mes jambes n'arrivaient pas à me porter.

Ma mère est entrée dans ma chambre. Elle ne me paraissait pas réelle.

— Maman ? Maman ? C'est bien toi ?

Je crois que j'ai hurlé.

— Oui, a-t-elle répondu sur un ton grave.

— Je suis tombé.

Tout me semblait étrange et j'ai pensé que j'étais peut-être en train de rêver, mais la sensation de sa main sur mon bras était réelle.

— Tu es brûlant.

J'ai senti ses mains sur mon visage.

— Où sommes-nous ?

Elle m'a serré dans ses bras pendant un moment.

— Chut.

Le silence régnait. Un instant, j'ai pensé que le monde n'avait jamais souhaité mon existence et qu'il saisissait l'opportunité de se débarrasser de moi.

En levant les yeux, j'ai vu ma mère avec deux aspirines

et un verre d'eau, que j'ai bu en le tenant entre mes mains tremblantes.

Elle a pris ma température.

— 40 °C. Il faut faire tomber la fièvre.

Elle a secoué la tête.

— C'est à cause de tous ces microbes à la piscine.

J'avais l'impression que quelqu'un parlait à sa place.

— Je crois que tu as la grippe.

Mais c'est l'été. Les mots sont restés coincés dans ma gorge. Je n'arrêtais pas de grelotter. Elle m'a donné une couverture supplémentaire.

J'ai fermé les yeux.

C'est alors que les rêves ont commencé.

Des oiseaux tombaient du ciel. Des moineaux. Il en pleuvait par millions. Ils me heurtaient en tombant. J'étais couvert de leur sang et je n'avais nulle part où me mettre à l'abri. Leurs becs s'enfonçaient dans ma peau comme des flèches. L'avion de Ritchie Valens tombait à la verticale. J'entendais *La Bamba* mais aussi Dante qui pleurait et, lorsque je me suis retourné pour le voir, il tenait la dépouille de Ritchie dans ses bras. Enfin, l'avion nous a écrasés. Je ne voyais au loin que l'ombre de l'appareil et la terre en flammes, avant que le ciel disparaisse.

J'ai dû crier, car à mon réveil mes parents étaient dans ma chambre. Je tremblais et j'étais trempé de sueur. Soudain, je me suis rendu compte que je pleurais, ce qui n'était vraiment pas mon genre.

Mon père m'a pris dans ses bras et m'a bercé. Je me sentais faible et minuscule. J'ai voulu le serrer, mais je n'avais pas assez de force. Je voulais lui demander s'il m'avait pris dans ses bras quand j'étais petit, car je ne m'en souvenais pas. Peut-être étais-je encore en train de rêver. Ma mère changeait mes draps. Tout existait vraiment. Sauf moi.

Je marmonnais. Mon père m'a serré encore plus fort et a chuchoté quelque chose. Mais ni ses bras ni ses murmures ne m'ont empêché de trembler. Ma mère essuyait ma transpiration avec une serviette et mon père m'a mis un tee-shirt propre et sec. J'ai dit :

— Ne jette pas mon tee-shirt, papa me l'a offert.

Mon père a murmuré :

— Chut, tout va bien.

Il m'a rallongé dans mon lit et m'a fait prendre une autre aspirine.

À son regard, j'ai compris qu'il était inquiet. Ma mère lui a parlé en espagnol et il a hoché la tête.

Le monde était calme.

Je me suis endormi et les rêves sont revenus. Il pleuvait, le tonnerre grondait et les éclairs lézardaient le ciel. Je me voyais courir sous la pluie. Je cherchais Dante qui s'était perdu. Je hurlais : « Dante ! Reviens ! Reviens ! » Puis je ne cherchais plus Dante mais mon père. « Papa ! Où es-tu parti ? »

À mon réveil, j'étais à nouveau couvert de sueur.

Mon père, assis sur le rocking-chair, m'observait.

Ma mère faisait les cent pas dans la chambre. Elle a regardé mon père, puis moi.

J'ai chuchoté :

— Je ne voulais pas vous effrayer.

Ma mère a souri et j'ai pensé que, jeune, elle avait dû être très jolie. Elle m'a aidé à m'asseoir.

— *Amor*, tu es trempé. Tu devrais prendre une douche.

— J'ai fait des cauchemars.

J'ai posé ma tête sur son épaule. J'aurais aimé que nous restions comme ça, tous les trois, pour toujours.

Mon père m'a aidé à me doucher. L'eau chaude, mes rêves… Je me suis demandé à quoi ressemblait mon père à mon âge. Selon ma mère, il était très beau. Aussi beau que Dante ? Pourquoi je me posais cette question ?

Ma mère avait à nouveau changé mes draps.

— Ta fièvre est tombée.

Elle m'a donné un verre d'eau. Je n'en voulais pas mais je l'ai tout de même bu. De fait, j'avais très soif.

Mon père était toujours là, dans le rocking-chair.

Nous nous sommes regardés un long moment.

— Dans ton rêve, tu me cherchais.

— Je te cherche tout le temps, ai-je murmuré.

Deux

À MON RÉVEIL LE LENDEMAIN, J'AI CRU QUE J'ÉTAIS mort.

Cette idée ne me quittait pas. Peut-être que, quand on est malade, une partie de soi meurt.

Selon ma mère, la meilleure cure consistait à boire des litres d'eau.

J'ai fini par me mettre en grève.

— Ma vessie va exploser.

— Parfait. Tu élimines les toxines de ton corps.

— J'ai suffisamment éliminé.

Il n'y avait pas que l'eau, mais aussi sa soupe de poulet qui est devenue mon ennemi juré.

Le tout premier bol avait été merveilleux. Je n'avais jamais eu aussi faim de ma vie. Mais à force de manger la même soupe au déjeuner, au goûter et au dîner, j'en ai eu marre.

J'en avais aussi assez d'être malade.

Après quatre jours au lit, j'ai décidé qu'il était temps de bouger. J'ai officiellement annoncé à ma mère :

— Je vais bien.

— Pas du tout, a-t-elle répondu.

« Je suis retenu en otage. » Ç'a été la première chose que j'ai dite à mon père lorsqu'il est rentré du travail et a ouvert la porte de ma chambre.

Il m'a souri.

— Je vais bien, papa. Je t'assure.

— Tu es encore un peu pâle.

— J'ai besoin de prendre le soleil.

— Encore un jour à la maison et ensuite tu pourras courir le vaste monde.

— OK. Mais plus de soupe de poulet.

— Tu verras ça avec ta mère.

Avant de sortir de ma chambre, il a hésité un instant. Il me tournait le dos.

— Tu as fait d'autres mauvais rêves ?

— J'en fais toujours.

— Même quand tu n'es pas malade ?

— Oui.

Il se tenait dans l'encadrement de la porte. Il s'est tourné face à moi.

— Dans tes rêves, tu es toujours perdu ?

— Dans la plupart, oui.

— Et tu essaies de me retrouver ?

— Je crois que j'essaie surtout de me trouver, papa.

C'était étrange de lui parler si sincèrement. Cela me faisait un peu peur. Je ne savais pas comment lui dire ce que je ressentais. J'ai haussé les épaules d'un air de dire : *c'est pas grave*.

— Je suis désolé d'être si distant, a dit mon père.

— C'est rien.

— Non, ce n'est pas rien.

Il allait dire autre chose, mais il a changé d'avis et est sorti de la pièce.

Alors que je fixais le sol, j'ai entendu à nouveau la voix de mon père.

— Moi aussi je fais des cauchemars, Ari.

Je voulais lui demander s'il rêvait de la guerre ou de mon frère. S'il se réveillait aussi effrayé que moi.

Je me suis contenté de lui sourire. Il m'avait confié quelque chose de personnel.

J'étais heureux.

Trois

J'AVAIS EXCEPTIONNELLEMENT LE DROIT DE regarder la télévision, mais j'ai découvert que je n'aimais pas ça. Je l'ai éteinte et je suis allé à la cuisine où ma mère était en train de relire de vieux cours.

— Maman.

Elle a levé les yeux vers moi. J'ai essayé de l'imaginer devant sa classe. Je me demandais ce que les élèves pensaient d'elle. S'ils l'aimaient, la détestaient, s'ils savaient qu'elle était ma mère. Si ça leur était égal.

— Dis, tu aimes enseigner ?

— Oui.

— Même si tes élèves ne sont pas intéressés ?

— Je vais te dire un secret. Qu'ils soient intéressés ou non ne me concerne pas. Quoi qu'il arrive, Ari, mon travail est de me consacrer à ma matière.

— Même si tu enseignes à des gens comme moi qui pensent que la vie est chiante ?

— C'est normal de penser ça à quinze ans.

— C'est juste une phase.

— C'est juste une phase, a-t-elle répété en riant.

— Tu aimes les gens de quinze ans ?

— Tu me demandes si je t'aime toi ou si j'aime mes élèves ?

— Les deux.

— Je t'adore, Ari. Tu le sais, n'est-ce pas ?

— Oui, mais tu adores aussi tes élèves.

— Tu es jaloux ?

— Je peux sortir ?

Moi aussi je savais éviter les questions.

— Tu pourras sortir demain.

— Fasciste.

— C'est un sacré mot, Ari.

— Grâce à toi, je connais toutes les formes de gouvernements. Mussolini était fasciste. Franco était fasciste. Et papa dit que Reagan est fasciste.

— Ne prends pas les blagues de ton père au pied de la lettre, Ari. Tout ce qu'il dit, c'est que le président Reagan est très maladroit.

— Je sais très bien ce qu'il dit. Et toi, tu sais bien ce que je veux dire.

— Je suis contente que tu me voies comme autre chose qu'une forme de gouvernance, mais tu n'as toujours pas le droit de sortir.

J'aurais tellement voulu me rebeller contre ma mère, mais je n'y arrivais pas.

— Je veux juste sortir d'ici. Je m'ennuie.

Elle s'est levée et a pris mon visage dans ses mains.

— *Hijo de mi vida*, je suis désolée que tu me trouves trop stricte. Mais j'ai mes raisons. Quand tu seras plus vieux…

— Tu dis toujours ça. Mais j'ai quinze ans. Je ne suis plus un petit garçon.

Elle a pris ma main et l'a embrassée.

— Pour moi, si.

Des larmes coulaient le long de ses joues. Quelque chose m'échappait. Tout d'abord Dante. Puis moi. Enfin ma mère. Peut-être attrape-t-on les larmes comme la grippe.

Je lui ai souri.

— Ça va ?

— Oui.

— Tu n'en as pas l'air.

— J'essaie de ne pas m'inquiéter pour toi.

— Pourquoi tu t'inquiètes ? J'ai juste eu la grippe.

— Ce n'est pas ce que je veux dire.

— C'est quoi, alors ?

— Que fais-tu quand tu sors ?

— Des trucs.

— Tu n'as pas d'amis.

Elle a ravalé ses sanglots.

— Je n'en veux pas.

Elle m'a dévisagé comme si elle me voyait pour la première fois.

— Comment je peux me faire des amis si tu ne me laisses pas sortir ?

Elle m'a regardé d'un air étonné.

— J'ai des amis, maman. À l'école. Et j'ai Dante.

— Oui, je suis contente que tu aies rencontré Dante.

J'ai hoché la tête.

— Je vais bien, maman. C'est juste que je ne suis pas le genre de mec…

Je ne sais pas ce que j'essayais de dire.

— Je suis différent.

Je ne savais pas ce que je disais.

— Ari, je veux simplement que tu sois heureux.

Je voulais lui dire que je n'étais pas doué pour le bonheur, mais elle le savait déjà.

— Eh bien, je suis dans la phase où je suis censé être malheureux.

Ça l'a fait rire.

Tout allait pour le mieux.

— Tu veux bien que Dante passe ?

Quatre

DANTE A DÉCROCHÉ LE TÉLÉPHONE APRÈS LA seconde sonnerie.

— Tu n'es pas venu à la piscine.

Il avait l'air en colère.

— J'étais au lit. J'ai attrapé la grippe. Tout ce que j'ai fait c'est avoir des cauchemars et manger de la soupe de poulet.

— T'as eu de la fièvre ?

— Ouais.

— Mal aux muscles ?

— Ouais.

— Des suées nocturnes ?

— Ouais.

— La totale. De quoi t'as rêvé ?

— Je ne veux pas en parler.

Ça ne le dérangeait pas.

Quinze minutes plus tard, il était devant la porte de la maison. J'ai entendu la sonnette. Puis sa voix alors qu'il parlait avec ma mère. Dante n'avait jamais de mal à engager la conversation.

Je l'ai entendu parcourir le couloir pieds nus. Et soudain, il était là. Il portait un tee-shirt si usé qu'on voyait à travers et un jean troué.

— Salut, a-t-il dit.

Il avait dans les mains un recueil de poésies, un carnet de croquis et des fusains.

69

— Tu as oublié tes chaussures.

— Je les ai données aux pauvres.

— Ton jean est le prochain sur la liste, j'imagine.

Nous avons gloussé.

Il m'a dévisagé.

— Tu es un peu pâle.

— J'ai toujours l'air plus mexicain que toi.

— Tout le monde a l'air plus mexicain que moi. Pour les doléances, vois avec mes parents.

— OK, OK.

Il était temps de changer de sujet.

— Tu as apporté ton carnet de croquis.

— Ouais.

— Tu vas me montrer tes dessins ?

— Non. Je vais faire ton portrait.

— Et si je refuse ?

— Comment vais-je devenir un artiste si je ne peux pas m'entraîner ?

— Les modèles ne sont pas payés ?

— Seulement les beaux.

— Parce que je ne suis pas beau ?

Dante a souri.

— Arrête de faire le con.

Il semblait gêné. Mais pas autant que moi. Je sentais que je rougissais. Même les mecs basanés comme moi peuvent rougir.

Il était assis dans mon rocking-chair.

— Tu as encore l'air malade.

— Merci.

— C'est peut-être à cause de tes rêves.

— Peut-être.

Je ne voulais toujours pas en parler.

— Lorsque j'étais enfant, il m'arrivait de me réveiller en pensant que c'était la fin du monde. Je me levais et je regardais mes yeux tristes dans le miroir.

— Mes yeux sont toujours tristes.

— La fin du monde n'est pas pour aujourd'hui, Ari.

— Je le sais bien.

— Ne sois pas triste.

— Triste, triste, triste.

— Triste, triste, triste, a repris Dante.

Nous n'avons pas pu nous retenir de pouffer. J'étais heureux qu'il soit venu. La maladie me donnait l'impression d'être fragile, que je pouvais me casser. Je détestais ça. Rire m'a fait du bien.

Il m'a tendu le recueil de poèmes.

— Tu lis, je dessine.

Puis il a parcouru la chambre du regard : moi, le lit, les couvertures, les coussins, la lampe. Je ne savais pas si j'aimais sentir ses yeux se poser sur moi. Je me sentais nu. Mais Dante se concentrait tellement sur son carnet que j'en devenais invisible. Cela m'a permis de me détendre.

— Rends-moi beau.

— Lis.

J'ai vite oublié que Dante me dessinait. J'ai lu, lu et lu. Parfois, je le regardais du coin de l'œil, mais il était absorbé par son travail. Au bout d'un moment, je me suis endormi.

À mon réveil, Dante était parti.

Il avait laissé un superbe dessin de mon rocking-chair. Il avait parfaitement saisi la lumière de l'après-midi et les ombres sur le fauteuil. Il se dégageait de l'ensemble une certaine tristesse, une solitude. Une vérité, également. Je me suis demandé si c'était la façon dont il voyait le monde ou *mon* monde.

Soudain, j'ai été jaloux de lui. Il savait nager, dessiner, parler aux gens. Il s'aimait bien. Je l'enviais. Peut-être y avait-il des gens plus doués pour le bonheur que les autres.

Il avait laissé un mot sur le rocking-chair.

Ari,
J'espère que le dessin de ton fauteuil te plaît. Tu m'as manqué à
la piscine. Les maîtres nageurs sont des cons.
Dante

Après dîner, je lui ai téléphoné.

— Pourquoi es-tu parti ?

— Tu avais besoin de te reposer.

— Je suis désolé de m'être endormi.

Il y a eu un moment de silence.

— J'aime bien ton dessin.

— Pourquoi ?

— Parce que tu as bien reproduit mon fauteuil.

— C'est tout ?

— Il exprime quelque chose.

— Quoi ?

— De la tristesse. Et aussi de la solitude.

— Comme toi.

Je ne supportais pas qu'il m'ait percé à jour.

— Je ne suis pas triste tout le temps.

— Je sais.

— Tu me montreras les autres dessins ?

— Non.

— Pourquoi ?

— Je ne peux pas.

— Pourquoi ?

— La même raison pour laquelle tu ne peux pas me parler
de tes rêves.

Cinq

LA GRIPPE NE ME LÂCHAIT PAS.

Cette nuit-là, les rêves sont revenus. Mon frère était à Juárez, au Mexique, sur l'autre rive du Rio Grande, et moi à El Paso. Nous pouvions nous voir. Je hurlais : « Bernardo, viens ! », et il faisait non de la tête. Comme je pensais qu'il n'avait pas compris, je lui redisais en espagnol : « *Vente pa'aca, Bernardo !* » Je me disais que si je lui parlais dans la bonne langue, il traverserait le fleuve et reviendrait à la maison. Soudain, mon père était là. Mon frère et lui se regardaient, droit dans les yeux. Leurs regards semblaient contenir toute la douleur des pères et des fils du monde. Un chagrin si profond qu'ils ne pleuraient même pas. Puis le rêve changeait. Mon père et mon frère avaient disparu. Je me trouvais au même endroit que mon frère, à Juárez, et Dante était sur l'autre rive. Il ne portait ni tee-shirt ni chaussures. Je voulais nager vers lui mais je ne pouvais pas bouger. Il me disait quelque chose en anglais que je ne comprenais pas. Je disais un truc en espagnol qu'il ne comprenait pas.

Après j'étais seul.

Soudain, l'obscurité a tout englouti.

Je me suis réveillé, complètement perdu.

J'ignorais où j'étais.

La fièvre était revenue. Je me suis rendormi. Les moineaux tombaient du ciel. Et c'était moi qui les tuais.

Six

DANTE EST VENU ME RENDRE VISITE. JE N'ÉTAIS pas en grande forme. Ça n'avait pas l'air de le déranger.

— Tu veux discuter ?

— Non.

— Tu veux que je m'en aille ?

— Non.

Il m'a lu des poèmes. Je pensais aux moineaux tombant du ciel. En écoutant la voix de Dante, je me suis demandé comment était celle de mon frère. Tout se bousculait dans ma tête : des moineaux, le fantôme de mon frère, la voix de Dante.

— Tu n'as pas peur d'attraper ce que j'ai ?

— Non.

— Tu n'as peur de rien.

— J'ai peur de beaucoup de choses, Ari.

J'aurais pu lui demander de quoi, mais il ne me l'aurait pas dit.

Sept

LA FIÈVRE EST TOMBÉE.

Mais les rêves ont continué. Mon père, mon frère et Dante étaient dedans. Parfois ma mère aussi.

Une image me poursuivait : j'avais quatre ans et je marchais dans la rue avec ma mère qui me tenait par la main. Était-ce un souvenir, un rêve ou un espoir ?

Allongé dans mon lit, je pensais à tous ces problèmes banals et aux mystères de la vie qui n'intéressaient que moi. Cette avant-dernière année de lycée à Austin High serait nulle. Dante allait à Cathedral parce que ce lycée avait une équipe de natation. Mes parents avaient voulu m'inscrire là-bas, mais j'avais refusé. J'avais insisté sur le fait que c'était une école pour riches. Ma mère m'avait dit qu'il existait des bourses pour les élèves exceptionnels. Je lui avais rétorqué que je n'étais pas assez intelligent pour décrocher une bourse. Elle avait déclaré qu'ils pouvaient se permettre de payer ma scolarité là-bas. J'avais supplié mon père de ne pas m'y inscrire.

Je pensais à l'accusation de ma mère : « Tu n'as pas d'amis », et au dessin du rocking-chair qui était en fait un portrait de moi.

Je ne m'étais jamais senti aussi triste.

Je savais que je n'étais plus un enfant, mais j'avais le sentiment d'être encore un petit garçon. En revanche, mes états d'âme devenaient ceux d'un homme. La solitude d'un homme est plus grande que celle d'un enfant.

Étrangement, mon amitié avec Dante accentuait mon sentiment de solitude. Peut-être parce que Dante semblait partout à sa place et que j'avais l'impression de ne jamais l'être. Je n'étais même pas à l'aise dans mon propre corps. Je me transformais en une personne que je ne connaissais pas. Aucune de mes émotions n'avait de sens.

Plus jeune, j'avais tenu un journal intime. En sixième, pour mon anniversaire mes parents m'avaient offert un gant de base-ball et une machine à écrire. Je faisais partie d'une équipe, donc le gant était logique. Mais une machine à écrire ? J'avais fait semblant de l'aimer, mais je mentais très mal.

Finalement, j'avais appris à taper à la machine et j'avais été viré de l'équipe de base-ball (je détestais ce sport que je ne pratiquais que pour faire plaisir à mon père).

Je ne sais pas pourquoi j'ai pensé à tous ces trucs. Je n'avais envie de parler à personne, sauf à moi-même.

J'ai réfléchi à mes sœurs qui étaient si proches l'une de l'autre et si distantes avec moi. Je savais que c'était une histoire d'écart d'âge. J'étais né « un peu tard ». Un jour qu'elles discutaient autour de la table de la cuisine, elles avaient utilisé cette expression. Ce n'était pas la première fois que j'entendais parler de moi ainsi. Je ne sais pas pourquoi, mais j'avais perdu les pédales. J'avais fixé ma sœur Cecilia et dit : « Tu es née un peu trop tôt. Putain, c'est trop triste pour toi. »

Mon autre sœur, Sylvia, m'avait fait la morale. « Je ne supporte pas ce mot. Ne parle pas comme ça, c'est irrespectueux. »

Comme si elles me respectaient.

Elles avaient dit à ma mère que j'employais des gros mots. Ma mère m'avait fusillé du regard. « Le mot qui commence par un *p* trahit un terrible manque de respect et d'imagination. Et ne lève pas les yeux au ciel. »

J'avais refusé de m'excuser.

Le seul aspect positif des choses, c'est que mes sœurs n'avaient plus jamais employé l'expression « né un peu tard ». En tout cas, pas devant moi.

Je crois que j'étais furieux de ne pas pouvoir parler à mon frère et que je ne pouvais pas vraiment parler à mes sœurs. Ce n'est pas qu'elles se fichaient de moi. C'est juste qu'elles me traitaient plus comme un fils que comme un frère. Je n'avais pas besoin de trois mères. Donc, j'étais seul. Je voulais parler à quelqu'un de mon âge. À quelqu'un qui comprenait que le fait d'utiliser le mot qui commence par un *p* n'était pas la marque d'un manque d'imagination. Parfois, il me donnait un sentiment de liberté.

Depuis quelque temps, j'avais décidé de reprendre mon journal. Écrire dedans équivalait à parler avec quelqu'un de mon âge.

Parfois, je notais toutes les insultes qui me venaient à l'esprit et après je me sentais mieux. Ma mère avait ses règles. Pour mon père : interdiction de fumer dans la maison. Pour tout le monde : interdiction de jurer. Quand mon père laissait échapper un florilège de mots intéressants, ma mère lui disait : « Sors de la maison, Jaime. Dans la rue, tu trouveras peut-être un chien qui apprécie ce langage. »

Ma mère était à la fois douce et stricte. Je crois que c'était sa façon de survivre. Je ne voulais pas dire de gros mots en sa présence, du coup je jurais dans ma tête.

Et puis, il y avait mon nom. Angel Aristote Mendoza. Je détestais Angel et je n'avais jamais laissé personne m'appeler comme ça. Tous les Angel que je connaissais étaient des cons. Je n'aimais pas plus Aristote. Même si c'était le prénom de mon grand-père et que j'avais hérité du nom d'un célèbre philosophe. C'était pénible.

Alors je me faisais appeler Ari.

En déplaçant le *i*, ça faisait « Air ».

Ça devait être sympa d'être l'air. À la fois nécessaire et invisible.

Huit

MA MÈRE A INTERROMPU MES PENSÉES.

— Dante au téléphone.

En passant devant la cuisine, je l'ai vue en train de nettoyer les placards. Pour elle, l'été était synonyme de travail. Je me suis laissé tomber sur le canapé du salon et j'ai pris le combiné.

— Salut.

— Salut. Qu'est-ce que tu fais ?

— Rien. Je ne me sens toujours pas bien. Ma mère m'emmène chez le médecin cet après-midi.

— J'espérais qu'on irait nager.

— Je ne peux vraiment pas.

— OK. Alors tu fais quoi ? Tu lis ?

— Non. Je pense.

— À quoi ?

— À des trucs.

— Comme quoi ?

— À mes sœurs et mon frère qui sont plus vieux que moi et à ce que ça me fait.

— Quel âge ont-ils ?

— Mes sœurs sont des fausses jumelles. Elles ont vingt-sept ans. Ma mère les a eues à dix-huit ans.

— Ouah ! Vingt-sept ans !

— Ouais, je sais. J'ai quinze ans et j'ai trois nièces et quatre neveux.

— C'est très cool, Ari.

— Non, Dante, pas du tout.

— Quel âge a ton frère ?

— Vingt-cinq ans.

— J'ai toujours voulu avoir un frère.

— Ben, c'est comme si je n'en avais pas.

— Pourquoi ?

— On n'en parle jamais. C'est comme s'il était mort.

— Pourquoi ?

— Il est en prison.

Je ne l'avais jamais dit à personne. Je me suis senti mal.
Dante n'a rien répondu.

— On peut éviter d'en parler ?

— Pourquoi ?

— Parce que ça me rend triste.

— Ari, tu n'as rien fait de mal.

— Je ne veux pas parler de lui, OK ?

— OK. Mais tu sais, Ari, tu as une vie très intéressante.

— Pas vraiment.

— Oh si. Au moins tu as des frères et sœurs. Moi, je n'ai
que mes parents.

— Et tes cousins ?

— Ils ne m'aiment pas. Ils me trouvent un peu… différent.
Ils sont très mexicains, tu comprends ? Et moi je suis… Comment tu m'as appelé, déjà ?

— Un *pocho*.

— C'est ça. Mon espagnol n'est pas très bon.

— Tu peux apprendre.

— Ce qu'on apprend à l'école n'a rien à voir avec le langage
de la rue. Et c'est difficile parce que j'ai surtout des cousins du
côté de ma mère et ils sont très pauvres. Ma mère est la plus
jeune. Elle s'est battue pour aller à l'école. Son père pensait
qu'une fille n'avait pas les capacités de faire des études. Alors
ma mère a dit : « Rien à foutre, je vais à la fac. »

— J'ai du mal à imaginer ta mère disant ça.

— Enfin, elle n'a peut-être pas dit ça, mais elle a fait des études. Elle était très intelligente et elle a décroché une bourse de l'université de Berkeley. C'est là qu'elle a rencontré mon père. Je suis né à cette époque. Ma mère faisait des études de psychologie et mon père de lettres. Les parents de mon père sont nés au Mexique. Ils vivent dans une petite maison à l'est de Los Angeles. Ils ont un petit restaurant et ne parlent pas anglais. Mes parents ont leur vie, mais ils n'ont pas oublié d'où ils viennent ; ils comprennent cet autre monde, moi non. Je ne me sens à l'aise dans aucun des deux.

— Mais bien sûr que si.

— Tu ne m'as jamais vu avec mes cousins. J'ai l'impression d'être un monstre de foire.

Je connaissais bien ce sentiment.

— Je me sens comme ça aussi.

— Au moins tu es un vrai Mexicain.

— Je ne connais rien du Mexique, Dante.

Son silence était étrange.

— Quand commence-t-on à penser que le monde nous appartient ? a-t-il demandé.

Je voulais lui dire que le monde ne nous appartiendrait jamais.

— Je ne sais pas. Demain.

Neuf

JE REGARDAIS MA MÈRE NETTOYER LES PLACARDS de la cuisine.

— De quoi avez-vous parlé avec Dante ?

— De trucs.

J'avais tellement envie de lui poser des questions sur mon frère.

— Il m'a parlé de ses parents qui se sont connus à l'université de Berkeley. Il est né là-bas. Il dit qu'il se souvient de ses parents étudiants.

Ma mère a souri.

— Comme toi et moi.

— Je ne me souviens pas.

— Pendant que ton père était à la guerre, je terminais ma troisième année d'université. Ça m'aidait à penser à autre chose. Ma mère et mes tantes s'occupaient de tes sœurs et de ton frère pendant que j'étais en cours. Et quand ton père est revenu, on t'a eu.

Elle a souri et m'a recoiffé, comme à son habitude.

— Ton père a trouvé du travail à la poste et j'ai continué mes études. Je t'avais toi, et la fac. Et ton père était sain et sauf.

— C'était difficile ?

— J'étais heureuse. Tu étais un bébé adorable. Puis nous avons acheté cette maison. Elle avait besoin d'être retapée, mais elle était à nous. Et je faisais ce que j'avais toujours voulu faire.

— Tu as toujours voulu enseigner ?

— Toujours. Quand j'étais petite, nous n'avions rien, mais ma mère avait compris que l'école était importante pour moi. Elle a pleuré quand je lui ai appris que j'allais épouser ton père.

— Elle ne l'aimait pas ?

— Si. Mais elle voulait que je poursuive mes études. Je lui ai promis que je le ferais. Ça m'a pris un peu de temps, mais j'ai tenu ma promesse.

C'était la première fois que je voyais ma mère comme une personne, pas seulement comme ma mère. Je ne savais pas comment lui poser des questions sur mon père.

— Il était différent à son retour de la guerre ?

— Oui.

— Comment ça ?

— Quelque chose en lui s'est cassé.

— Quoi ?

— Je ne sais pas.

— Comment ça tu ne sais pas, maman ?

— Parce que ça lui appartient, Ari.

Elle avait accepté la blessure intime de mon père.

— Est-ce qu'il guérira un jour ?

— Je ne crois pas.

— Maman ? Je peux te demander quelque chose ?

— Ce que tu veux.

— C'est difficile de l'aimer ?

— Non, a-t-elle répondu sans hésiter.

— Tu le comprends ?

— Pas toujours. Mais on n'a pas besoin de toujours comprendre les gens qu'on aime.

— Moi si.

— C'est difficile pour toi, n'est-ce pas ?

— Je ne le connais pas du tout.

— Je sais que ce que je vais dire va t'énerver, mais tant pis : Ari, un jour tu comprendras.

— Oui. Un jour.

Un jour, je comprendrais qui était mon père. *Un jour*. Je détestais ces mots.

Dix

J'AIMAIS QUAND MA MÈRE ME FAISAIT PARTAGER ses émotions.

Parfois, il nous arrivait de parler. Non seulement c'était agréable, mais cela me permettait de mieux la connaître. Dans ces moments-là, elle était différente, elle n'était pas cette mère qui me donnait toujours son avis sur la personne que je devais être.

Si tu étais moins réservé… Si tu étais plus discipliné… Tout le monde avait un avis sur ce qui clochait chez moi et sur ce que je devais devenir. Surtout mes sœurs.

Parce que j'étais le plus jeune.

Parce que j'étais arrivé par surprise.

Parce que j'étais né trop tard.

Parce que mon frère était en prison et que mes parents s'en voulaient sûrement. S'ils avaient dit ou fait quelque chose… Ils ne referaient pas la même erreur. J'étais pris au piège de cette culpabilité familiale ; une culpabilité dont même ma mère refusait de parler. Il lui arrivait d'évoquer mon frère en passant, sans jamais prononcer son nom.

J'étais donc fils unique et, même si je ne le voulais pas, je ressentais la pression émanant de ce statut dans une famille mexicaine. C'était comme ça.

J'étais furieux d'avoir le sentiment d'avoir trahi ma famille en parlant de mon frère à Dante. Je me sentais mal. Cette maison abritait tant de fantômes : celui de mon frère, ceux de la guerre de mon père, ceux des voix de mes sœurs. J'en avais peut-être même en moi que je n'avais pas encore rencontrés. Ils attendaient, tapis dans l'ombre.

J'ai feuilleté mon ancien journal intime. Un passage était daté de la semaine de mes quinze ans.

Je n'aime pas avoir quinze ans.
Je n'ai pas aimé avoir quatorze ans.
Je n'ai pas aimé avoir treize ans.
Je n'ai pas aimé avoir douze ans.
Je n'ai pas aimé avoir onze ans.

Dix ans, c'était sympa. J'ai bien aimé. Je ne sais pas pourquoi, mais c'était une bonne année.

Mme Pedregon était une super prof et tout le monde avait l'air de m'aimer. Une bonne année. Une excellente année. Mais aujourd'hui, à quinze ans, tout est étrange. Ma voix est bizarre et je me cogne dans tout. Ma mère dit que mes réflexes doivent s'adapter à ma taille qui évolue sans cesse.

Je me fiche de grandir.

Je n'arrive pas à contrôler mon corps.

Et puis j'ai des poils partout : sous les bras, sur les jambes et, euh, enfin, entre les jambes. J'en ai même sur les doigts de pied. C'est quoi ce délire ?

Et mes pieds sont de plus en plus grands. Quand j'avais dix ans, j'étais petit et la seule chose que je voulais, c'était parler parfaitement anglais. L'année de mes dix ans, j'ai décidé que je ne

parlerais pas comme un Mexicain. Je deviendrais un Américain.
Avec un accent américain.

Et si je ne ressemblais pas à un Américain ?

À quoi ressemble un Américain ?

Un Américain a-t-il des grosses mains, des grands pieds
et des poils… entre les jambes ?

Quel con ! Quel *pendejo* ! Il faut vraiment être un crétin de classe internationale pour écrire sur ses poils, son corps… Pas étonnant que j'aie arrêté de tenir un journal. C'était comme garder une trace de ma propre connerie. Pourquoi je voudrais me souvenir du crétin que j'étais ?

Sans idée précise, j'ai continué à le feuilleter et je suis tombé sur un passage à propos de mon frère.

Dans la maison, il n'y a aucune photo de mon frère.

Il y a des photos de mes sœurs le jour de leur mariage, de ma
mère en communiante, de mon père au Vietnam. Il y en a de
moi bébé, de moi tenant un trophée avec un copain de mon
équipe, de mon premier jour d'école.

Il y a des photos de mes trois nièces et de mes quatre neveux.

Il y a des photos de mes grands-parents qui sont tous morts.

Il y a des photos partout.

Mais aucune de mon frère.

Parce qu'il est en prison.

Personne ne parle de lui.

Comme s'il était mort.

C'est pire. Au moins, on parle des morts. On se rappelle des anecdotes qui nous font sourire. Voire rire.

Les gens évoquent même leur chien mort.

On ne raconte jamais d'histoire sur mon frère.

Il a été effacé de l'histoire familiale. Ce n'est pas juste.

Aurai-je un jour le courage d'interroger mes parents sur mon frère ? Une fois, j'ai posé des questions à mes sœurs. Elles m'ont fusillé du regard. « Ne parle jamais de lui. »

Je me suis surpris à chuchoter en boucle : « mon frère est en prison, mon frère est en prison, mon frère est en prison ». Je voulais voir ce que ça faisait de le dire tout haut.

Je ne comprenais pas ce qui m'arrivait. Tout était chaotique et j'avais peur. J'ai pris mon journal et j'ai écrit :

Voici la liste de ce qui se passe dans ma vie (sans ordre particulier) :

— J'ai eu la grippe. Je ne suis pas complètement rétabli.
— Je me suis toujours senti mal intérieurement. Pour des raisons qui changent constamment.
— J'ai dit à mon père que j'avais toujours fait des cauchemars. Je ne l'avais jamais dit à personne. Pas même à moi-même. Je n'ai su que c'était vrai que quand je l'ai dit.
— J'ai haï ma mère pendant une ou deux minutes quand elle m'a dit que je n'avais pas d'amis.

– *Je veux qu'on me parle de mon frère. Est-ce que je le détesterais si je savais plus de choses sur lui ?*

– *Mon père m'a serré dans ses bras quand j'avais de la fièvre. C'était merveilleux.*

– *Le problème n'est pas que je n'aime pas mes parents. Le problème est que je ne sais pas comment les aimer.*

– *Dante est mon tout premier ami. Ça me fait peur.*

– *Je pense que si Dante me connaissait vraiment, il ne m'aimerait pas.*

Onze

NOUS AVONS ATTENDU CHEZ LE MÉDECIN
pendant deux heures. Nous nous étions préparés. Ma mère
avait apporté un roman, et moi le recueil de poèmes que Dante
m'avait passé.

J'étais assis en face d'elle. De temps en temps, elle levait les
yeux vers moi.

— J'ignorais que tu aimais la poésie.

— C'est un livre de Dante. Son père a plein de livres de
poésie chez lui.

— C'est formidable ce que fait son père.

— Tu veux dire, qu'il soit professeur ?

— Oui. C'est merveilleux. Dans mon université, il n'y avait
aucun professeur d'origine mexicaine. Aucun.

Elle avait presque l'air en colère.

En vérité je ne la connaissais pas si bien. J'ignorais tout des
épreuves qu'elle avait traversées. Je ne m'y étais jamais intéressé.
Je commençais à m'interroger à son sujet. À propos de tout.

— Tu aimes la poésie, Ari ?

— Oui, je crois.

— Peut-être deviendras-tu écrivain. Ou poète.

Ce mot était si beau dans sa bouche. Trop beau pour moi.

Douze

TOUT ALLAIT BIEN. VOILÀ CE QU'AVAIT DIT LE docteur.

Je me remettais normalement d'une vilaine grippe. Un après-midi gâché. Sauf l'instant où j'avais vu naître la rage sur le visage de ma mère, ce qui me donnait matière à réfléchir.

Juste au moment où le mystère autour d'elle semblait se dissiper, il s'épaississait à nouveau.

J'ai enfin eu le droit de sortir de la maison.

J'ai retrouvé Dante à la piscine. Comme je m'essoufflais facilement, je me suis contenté de le regarder nager.

Le ciel était menaçant. Le tonnerre grondait au loin. Alors que nous marchions vers chez lui, il s'est mis à pleuvoir des cordes. J'ai dit à Dante :

— Si tu ne cours pas, je ne cours pas.

— Je ne courrai pas.

Nous avons donc marché sous la pluie. Je voulais presser le pas, mais au lieu de cela j'ai ralenti. J'ai regardé Dante.

— Ça va, tu supportes ?

Il a souri.

Nous sommes arrivés chez lui trempés. Son père nous a obligés à passer des vêtements secs et nous a fait la morale.

— Je sais bien que Dante n'a pas une once de bon sens. Mais toi, Ari, je te croyais un peu plus responsable.

Dante n'a pas pu s'empêcher de l'interrompre.

97

— Tu rêves, papa.

— Il sort à peine d'une grippe, Dante.

— Je vais bien maintenant. J'aime bien la pluie.

J'ai baissé les yeux.

— Je suis désolé.

Il m'a pris le menton et m'a relevé la tête.

— Ah, les garçons de l'été ! a-t-il dit en me regardant.

J'aimais sa façon de m'observer. Il était l'un des hommes les plus gentils au monde. Peut-être que tout le monde était gentil. Même mon père. Mais M. Quintana était courageux. Il se fichait que le monde entier sache qu'il était gentil. Dante était comme lui.

J'ai demandé à Dante s'il arrivait que son père se mette en colère.

— Très rarement. Mais quand ça arrive, je deviens couleur passe-muraille.

— Qu'est-ce qui déclenche sa colère ?

— Une fois, quand j'avais douze ans, j'ai jeté tous ses papiers.

— Ah bon ?

— Il ne faisait pas attention à moi.

— Donc tu l'as mis en colère exprès ?

— Si on veut.

Soudain, je me suis mis à tousser. Nous avons échangé des regards paniqués.

— Un thé chaud ? a proposé Dante.

J'ai acquiescé. Bonne idée.

Assis sur la terrasse avec nos thés, nous regardions la pluie tomber. Le ciel est devenu noir et il s'est mis à grêler. C'était à la fois magnifique et effrayant.

Dante m'a tapé sur l'épaule.

— Il faut qu'on parle.

— On parle tous les jours.

— Oui, mais je veux dire, qu'on parle vraiment.

— De quoi ?

— De nous, de nos parents…

— On t'a déjà dit que t'étais pas normal ? D'où est-ce que tu débarques ?

— Une nuit, mes parents ont couché ensemble.

Dans ma tête, je les voyais presque en train de faire l'amour. C'était un peu bizarre.

— Comment sais-tu que c'était la nuit ?

— Bonne question.

Nous avons éclaté de rire.

— OK, a-t-il dit. Soyons sérieux. Quelle est ta couleur préférée ?

— Le bleu

— Moi, le rouge. Ta voiture préférée ?

— Je n'aime pas les voitures.

— Moi non plus. Ta chanson préférée ?

— Je n'en ai pas. Et toi ?

— *The Long and Winding Road.*

— *The Long and Winding Road ?*

— Les Beatles, Ari.

— Je ne la connais pas.

— C'est une super chanson, Ari.

— Tu me fais passer un entretien, ou quoi ?

— En quelque sorte.

— Je candidate pour quel poste ?

— Celui de meilleur ami.

— Je croyais que j'avais déjà le boulot.

— N'en sois pas si sûr, espèce de petit connard arrogant.

Il m'a donné un coup de poing dans l'épaule. Pas fort, mais pas doux non plus.

Cela m'a fait rire.

— Quel langage !

— Tu n'as jamais envie de hurler tous les gros mots que tu connais ?

— Tous les jours.

— Tous les jours ? Tu es pire que moi.

Dante a secoué la tête.

— On est trop gentils, tu sais.

— Qu'est-ce que tu veux dire ?

— Nos parents nous ont transformés en gentils garçons. Je déteste ça.

— Je ne me trouve pas si gentil.

— Tu fais partie d'un gang ?

— Non.

— Tu prends de la drogue ?

— Non.

— Tu bois de l'alcool ?

— J'aimerais bien.

— Moi aussi, mais ce n'était pas la question.

— Non, je ne bois pas.

— Tu as des relations sexuelles ?

— Non, je n'ai jamais eu de relations sexuelles, Dante. Mais j'aimerais bien.

— Moi aussi. Tu vois ce que je veux dire ? Nous sommes de gentils garçons.

— Merde.

— Merde.

Impossible de ne pas rire.

Dante m'a posé des questions tout l'après-midi. Après la pluie et la grêle, le monde semblait s'être assagi et j'ai soudain eu envie d'être comme lui.

Dante a descendu les marches de la terrasse et s'est avancé sur le trottoir. Il a levé les bras au ciel.

— C'est merveilleusement beau !

Il s'est tourné vers moi.

— Allons nous promener.

— Où sont nos baskets ?

— Mon père les a mises dans le sèche-linge. On s'en fout de toute façon.

— Ouais, on s'en fout.

J'avais déjà marché pieds nus dans la rue, mais j'avais tout de même l'impression de le faire pour la première fois.

Dante disait quelque chose, mais je n'écoutais pas. Je fixais le ciel et les nuages noirs ; j'écoutais le tonnerre qui grondait au loin.

Je me suis tourné vers lui. La brise soufflait dans ses longs cheveux noirs.

— Mes parents et moi partons pour un an.

Je me suis soudain senti triste. Non, pas triste. J'ai eu l'impression de recevoir un coup de poing.

— Vous partez ?

— Oui.

— Pourquoi ? Enfin, quand ?

— Mon père va enseigner un an à l'université de Chicago. Je crois que la fac aimerait l'embaucher.

— C'est super.

— Ouais.

Une seconde avant j'étais heureux et maintenant j'étais horriblement triste. Je ne pouvais pas le regarder. Je fixais le ciel.

— C'est vraiment super. Alors, vous partez quand ?

— Fin août.

Six semaines. J'ai souri.

— C'est super.

— Tu n'arrêtes pas de dire ça.

— Ben, c'est vrai. C'est super.

— Tu n'es pas attristé que je m'en aille ?

— Pourquoi je le serais ?

Il a souri et il y a eu soudain une expression indéchiffrable sur son visage. Impossible de savoir ce qu'il pensait ou ressentait, alors que, normalement, on lisait en lui comme dans un livre ouvert.

— Regarde.

Il a pointé du doigt un oiseau en plein milieu de la chaussée. Il essayait de voler mais il avait les ailes cassées.

— Il va mourir, ai-je murmuré.

— On peut le sauver.

Dante s'est avancé sur la route et a essayé d'attraper l'oiseau apeuré. C'est la dernière chose dont je me souviens avant que la voiture ait fait une embardée. *Dante ! Dante !* Mes cris venaient du plus profond de moi. *Dante !*

Je me souviens d'avoir pensé que tout cela n'était qu'un rêve. Un cauchemar. D'avoir pensé que c'était la fin du monde. D'avoir pensé aux moineaux tombant du ciel.

Dante !

La fin de l'été

Te souviens-tu
de la pluie, cet été-là…
Il faut laisser tomber tout ce qui veut tomber.
Karen Fiser

JE ME SOUVIENS DE LA VOITURE FAISANT UNE embardée et de Dante au milieu de la route avec l'oiseau dans les mains. Je me souviens de la chaussée glissante après la pluie. Je me souviens d'avoir crié : « Dante ! »

Je me suis réveillé dans une chambre d'hôpital.

Mes deux jambes étaient plâtrées.

Mon bras gauche aussi. J'avais mal dans tout mon corps et je n'arrêtais pas de me demander : *Que s'est-il passé ?* J'avais un horrible mal de crâne. *Que s'est-il passé ? Que s'est-il passé ?* Même mes doigts me faisaient souffrir. J'avais l'impression qu'on m'avait pris pour un punching-ball. Merde. J'ai dû gémir car soudain mes parents se sont approchés. Ma mère pleurait.

— Ne pleure pas, ai-je dit.

J'avais la gorge extrêmement sèche. Je n'ai pas reconnu ma voix. On aurait dit celle de quelqu'un d'autre.

Elle s'est mordu la lèvre et m'a recoiffé du bout des doigts.

Je l'ai regardée.

— Ne pleure pas, d'accord ?

— J'avais peur que tu ne te réveilles pas.

Elle a sangloté sur l'épaule de mon père.

Une partie de moi commençait à réaliser ce qu'il se passait. L'autre partie aurait aimé être ailleurs. Même si ça n'en avait pas l'air, tout était réel. La douleur l'était.

— J'ai mal.

C'est à cet instant que ma mère a cessé de pleurer et est redevenue elle-même. J'en ai été content. Je ne supportais pas de la voir faible, s'effondrer. Je me suis demandé si elle avait ressenti la même chose lorsque mon frère avait été envoyé en prison. Elle m'a tendu ma perfusion.

— Si tu as très mal, tu peux appuyer sur le bouton toutes les quinze minutes.

— Qu'est-ce que c'est ?

— De la morphine.

— Depuis le temps que je veux me droguer.

Elle n'a pas relevé ma blague.

— Je vais chercher l'infirmière.

Ma mère était une femme d'action.

Pourquoi m'étais-je réveillé ? Si j'avais continué à dormir, je n'aurais pas souffert. Je préférais mes cauchemars à la douleur.

Je me suis tourné vers mon père.

— Tout va bien, lui ai-je assuré sans en croire un mot.

Mon père arborait un sourire grave.

— Ari, Ari. Tu es le garçon le plus courageux au monde.

— Pas du tout.

— Si.

— Je suis le mec qui a peur de ses propres rêves, tu te souviens, papa ?

J'avais peur de lui demander ce qu'il s'était passé. Ma gorge était sèche et je ne pouvais pas parler. Puis l'image de Dante avec l'oiseau m'est revenue. Je n'arrivais plus à respirer, j'avais peur, j'ai été pris de panique à l'idée que Dante était mort. Mon cœur battait si fort que ça me faisait mal.

— Dante ?

J'ai entendu son nom sortir de ma bouche.

L'infirmière se tenait juste à côté de moi. Elle avait une jolie voix.

— Je vais vérifier ta tension.

Je l'ai laissée faire. Je m'en fichais. Elle a souri.

— Ça va, la douleur ?

— Ça va.

— Tu nous as fait drôlement peur, jeune homme.

— J'aime faire peur aux gens.

Ma mère a secoué la tête.

— J'aime bien la morphine, ai-je dit en fermant les yeux. Et Dante ?

— Il va bien, a répondu ma mère.

J'ai ouvert les yeux.

J'ai entendu la voix de mon père.

— Il a eu peur. Très peur.

— Mais il va bien ?

— Oui. Il attendait que tu te réveilles.

Mes parents se sont regardés. Ma mère a dit :

— Il est là.

Dante était vivant. J'ai enfin pu respirer.

— Et l'oiseau ?

Mon père s'est penché, m'a serré la main et est sorti de la chambre.

— Où est parti papa ?

— Il est allé chercher Dante. Il n'a pas bougé depuis trente-six heures…

— Trente-six heures ?

— On t'a opéré.

— Opéré ?

— Il fallait réparer tous tes os.

— Ah.

— Tu auras des cicatrices.

— OK.

— Après l'opération, tu as été éveillé pendant quelques minutes.

— Je ne m'en souviens pas.

— Tu avais mal. Le médecin t'a donné quelque chose et tu t'es rendormi.

— Je ne m'en souviens pas.

— Le médecin nous avait prévenus.

— J'ai dit quelque chose ?

— Tu as gémi. Tu cherchais Dante. Il n'a pas voulu partir. Il est têtu.

Ça m'a fait sourire.

— Oui, il a toujours le dernier mot. Comme toi.

— Je t'aime, a-t-elle chuchoté. Tu sais que je t'aime ?

Elle ne me l'avait pas dit depuis très longtemps. Ça m'a fait du bien.

Des larmes ont coulé le long de ses joues, mais elle ne pleurait pas vraiment. Elle m'a tendu un verre d'eau. J'ai bu à la paille.

— La voiture a roulé sur tes jambes.

— Ce n'est pas la faute du chauffeur.

Elle a hoché la tête.

— Tu as eu un excellent chirurgien. Toutes les blessures sont sous le genou. Mon Dieu... Je ne te laisserai plus jamais sortir de la maison.

— Fasciste.

Elle m'a embrassé.

— Tu es adorable.

— Je ne suis pas adorable.

— Ne discute pas.

— OK. Je suis adorable.

Elle s'est mise à pleurer.

— Allons, tout va bien.

Dante et mon père sont entrés dans la chambre.

Nous nous sommes regardés en souriant. Il avait des points de suture au-dessus de l'œil gauche et sa joue était éraflée. Il avait deux cocards, son bras droit était plâtré.

— Salut, a-t-il dit.

— Salut.

— On est assortis.

— Je t'ai battu.

— Tu as enfin le dernier mot.

— Oui, enfin. T'as une sale gueule.

Il se tenait tout près de moi.

— Toi aussi.

— Tu as l'air fatigué.

— Ouais.

— Je suis content que tu te sois réveillé.

— Oui, mais j'ai moins mal quand je dors.

— Tu m'as sauvé la vie, Ari.

— Depuis le temps que je rêve d'être ton héros.

— Ne plaisante pas, Ari. Tu as failli te faire tuer.

— Je ne l'ai pas fait exprès.

Il s'est mis à pleurer. Dante et ses larmes.

— Tu m'as poussé et tu m'as sauvé la vie.

— On dirait que je t'ai aussi passé à tabac.

— Ça me donne du charme.

— La faute à ce fichu oiseau.

— Les oiseaux et moi, c'est terminé.

— Mais non.

Il a explosé en sanglots.

— Ça suffit. Ma mère pleure, tu pleures et mon père n'en est pas loin. J'ai des règles. Interdiction de pleurer.

— OK. Plus de larmes. Les garçons ne pleurent pas.

— Les garçons ne pleurent pas. Et les larmes me fatiguent.

Dante a ri. Puis il est redevenu sérieux.

— Tu t'es jeté sur moi. Tout s'est passé si vite, mais tu savais quoi faire. Tu aurais pu te faire tuer.

Je regardais les larmes rouler sur son visage.

— Tout ça parce que je suis un idiot qui essaie de sauver un con d'oiseau au milieu de la route.

— Tu ne respectes pas la règle concernant les pleurs, l'ai-je interrompu. Et les oiseaux ne sont pas cons.

— Tu as failli mourir par ma faute.

— Tu n'as rien fait de mal.

— Les oiseaux, c'est terminé.

— J'aime bien les oiseaux.

— Je les laisse tomber. Tu m'as sauvé la vie.

— Je te dis que je n'ai pas fait exprès.

Cela a fait rire tout le monde. J'étais épuisé et je souffrais. Dante a serré ma main en répétant :

— Je suis navré, Ari. Pardonne-moi.

Je crois que la morphine me faisait un peu délirer. Je me souviens d'avoir chantonné *La Bamba*. Je ne pouvais plus garder les yeux ouverts.

Je me souviens de Dante serrant ma main et d'avoir pensé : *Te pardonner ? Quoi, Dante ? Qu'y a-t-il à pardonner ?*

Je ne sais pas pourquoi, mais, dans mes rêves, Dante et moi étions pieds nus. La pluie ne cessait de tomber.

Et j'avais peur.

Deux

JE NE SAIS PAS COMBIEN DE TEMPS JE SUIS RESTÉ À
l'hôpital. Quatre jours ? Cinq ? Six ? Une éternité.

On m'a fait toutes sortes d'examens. C'est ce qu'ils font dans
les hôpitaux. Ils voulaient vérifier que je n'avais pas de lésions
internes. Surtout au cerveau. Un neurologue est venu me voir.
Je ne l'ai pas aimé. Il avait l'air de ne pas s'intéresser aux autres.
Ou trop. Il n'était pas doué pour la communication. Au lieu de
parler, il prenait beaucoup de notes.

En revanche, j'ai appris que les infirmières adorent discuter
de tout et de rien et prendre vos constantes en même temps.
Elles vous donnent un somnifère puis vous réveillent la nuit.
Merde. Je voulais dormir, me réveiller et découvrir que mes
plâtres avaient disparu.

Je me souviens que ma chambre était pleine de fleurs
envoyées par les amies de ma mère, par les parents de Dante,
mes sœurs, les voisins. Jusqu'à présent, je n'avais aucune opi-
nion sur les fleurs ; j'ai décidé que je ne les aimais pas.

J'aimais bien mon chirurgien. Il était assez jeune et sportif.
Le genre grand *gringo* aux longs doigts de pianiste. J'ai rêvé que
ses mains guérissaient l'oiseau de Dante qui s'envolait dans le
ciel d'été. C'était un joli rêve. J'en faisais rarement.

Docteur Charles. C'était son nom. Il savait ce qu'il faisait.
Un type bien. Il a répondu à toutes mes questions. Et j'en avais
beaucoup.

— J'ai des broches dans les jambes ?

— Oui.

— Pour toujours ?

— Oui.

— Et vous n'aurez pas à opérer de nouveau ?

— J'espère que non.

— Vous adorez discuter, vous.

Il a ri.

— T'es un dur à cuire, toi.

— Je ne crois pas.

— Moi, je pense que tu es très très fort.

— Ah oui ?

— Oui. Vraiment, Aristote. Je peux te dire un truc ?

— Appelez-moi Ari.

— Ari. (Il a souri.) Je suis épaté. Tu t'es accroché pendant l'opération et tu tiens bien le coup maintenant. C'est vraiment incroyable.

— C'est juste une question de chance et de gènes. Les gènes viennent de mes parents et la chance… Je ne sais pas. De Dieu ?

— Tu es croyant ?

— Pas vraiment. Ma mère si.

— Oui, en général Dieu et les mères s'entendent bien.

— Ouais. Quand est-ce que je me sentirai mieux ?

— Rapidement.

— C'est-à-dire ? Ça va me faire mal et me démanger pendant huit semaines ?

— Ça va aller de mieux en mieux.

— Bien sûr. Et comment ça se fait que mes plâtres soient au-dessus du genou alors que mes jambes sont cassées *sous* le genou ?

— Je veux que tu restes immobile pendant deux ou trois semaines. Il ne faut pas que tu plies les genoux. Tu pourrais te blesser. Je les connais, les durs à cuire, ils ont tendance à repousser leurs limites. Je changerai tes plâtres dans environ trois semaines. Ce n'est pas grand-chose.

— Merde. C'est l'été.

— Après tu feras de la rééducation.

J'ai inspiré profondément.

— Merde. Et celui-là ? ai-je demandé en désignant mon bras plâtré.

Je commençais à désespérer.

— La fracture n'est pas si terrible. Je t'enlèverai le plâtre dans un mois.

— Un mois ? Merde.

— Tu aimes beaucoup ce mot, n'est-ce pas ?

— Je préférerais en employer d'autres.

Il a souri.

— Merde, ça me va très bien.

J'avais envie de pleurer. J'étais furieux et énervé et je savais qu'il allait me dire de prendre mon mal en patience.

— Il faut être patient. Tu seras bientôt comme neuf. Tu es jeune et fort. Tu vas gentiment te remettre.

Gentiment. Patient. Merde.

Il a vérifié la sensibilité de mes orteils, m'a fait inspirer et expirer, puis suivre son doigt des yeux.

— Tu sais, c'est assez incroyable ce que tu as fait pour ton ami Dante.

— J'aimerais qu'on arrête de parler de ça.

Il a eu l'air étonné.

— Tu aurais pu finir paraplégique. Ou pire.

— Pire ?

— Tu aurais pu te faire tuer.

— C'est ce que tout le monde dit, mais, docteur, je suis vivant.

— Tu n'aimes pas ton statut de héros, hein ?

— J'ai dit à Dante que je ne l'avais pas fait exprès. Tout le monde pense que je rigole, mais ce n'est pas une blague. Je ne

113

me souviens même pas de m'être jeté sur lui. Je ne me suis pas dit : *Je vais sauver mon ami Dante.* Pas du tout. C'était juste un réflexe.

— Juste un réflexe ? C'est tout ?

— Exactement.

— Et tu n'es pas responsable ?

— C'est arrivé, c'est tout.

— C'est tout ?

— Oui.

— J'ai une autre théorie.

— Évidemment, vous êtes un adulte.

Il a ri.

— Qu'est-ce que tu as contre les adultes ?

— Ils ont trop d'avis sur nous ou sur ce que nous devrions être.

— Écoute. Je sais que tu ne te trouves ni fort ni courageux.

— Je suis un mec comme les autres.

— C'est comme ça que tu te voies. Mais tu as poussé ton ami afin qu'il ne se fasse pas écraser par une voiture. C'est ce que tu as fait, Ari, sans penser à toi. Parce que tu es comme ça. Tu devrais y réfléchir.

— Pour quoi faire ?

— Penses-y, c'est tout.

— Je n'ai pas tellement envie de réfléchir.

— OK. Sache simplement qu'il existe peu de gens comme toi, Ari.

— Je vous l'ai dit, docteur : c'était juste un réflexe.

Il a souri et a posé sa main sur mon épaule.

— Je connais les gens comme toi, Ari. J'ai bien compris.

Eh bien, moi je n'avais pas saisi tout ce qu'il venait de dire.

Juste après ma conversation avec le docteur Charles, les parents de Dante sont venus me rendre visite. M. Quintana m'a embrassé sur la joue. Pour lui, c'était normal. Ça m'a mis mal à l'aise. Je n'étais pas habitué à ce genre de démonstration d'affection. Il n'arrêtait pas de me remercier. C'était trop, mais je savais combien il aimait Dante. Il était heureux, et j'étais heureux qu'il le soit.

J'avais envie de changer de sujet, mais je n'avais pas grand-chose à dire. Je me sentais hyper mal, pourtant j'arrivais à parler alors que j'avais des difficultés à me concentrer. J'ai demandé :

— Alors, vous partez un an à Chicago ?

— Oui. Dante ne m'a pas encore pardonné.

J'ai eu un regard interrogateur.

— Il est furieux de ne pas avoir été consulté.

Cela m'a fait sourire.

— Il ne veut pas manquer la natation pendant un an. Selon lui, il pourrait vivre chez toi.

Cela m'a surpris. Dante avait plus de secrets que je ne le pensais. J'ai fermé les yeux.

— Tu vas bien, Ari ?

— Parfois, les démangeaisons me rendent dingue, alors je ferme les yeux.

Il me regardait avec bienveillance.

— Quoi qu'il en soit, ça fait du bien de parler. Ça me permet de penser à autre chose.

J'ai ouvert les yeux.

— Donc, Dante est en colère.

— Il est hors de question qu'il reste seul ici pendant un an.

J'imaginais Dante levant les yeux au ciel.

— Dante est obstiné.

J'ai entendu la voix de Mme Quintana.

— Il tient ça de moi.

J'ai souri. Je savais que c'était vrai.

— Tu sais ce que je pense ? a-t-elle repris. Je pense que tu vas beaucoup lui manquer et que c'est la raison pour laquelle il ne veut pas partir.

— Lui aussi, il va me manquer.

J'ai regretté mes paroles, même si c'était la vérité.

Son père s'est tourné vers moi.

— Dante n'a pas beaucoup d'amis.

— Mais tout le monde l'aime bien.

— C'est le cas. Mais il a toujours été assez solitaire.

Il m'a souri.

— Comme toi.

— Peut-être, ai-je admis.

— Tu sais, tu es le meilleur ami qu'il ait jamais eu.

Je ne voulais pas le savoir. Même si je ne savais pas *pourquoi,* je ne le souhaitais pas. M. Quintana était un homme bon. Il me parlait. À moi. Ari. Je ne tenais pas particulièrement à avoir cette conversation, mais je ne voulais pas les froisser.

— Vous savez, je suis plutôt ennuyeux comme mec. Je ne sais pas ce que Dante me trouve.

Je n'en croyais pas mes oreilles. J'avais vraiment dit ça ?

Mme Quintana s'est rapprochée.

— Pourquoi te trouves-tu ennuyeux, Ari ?

Bon sang, ai-je pensé, *la thérapeute vient de faire son entrée.* J'ai haussé les épaules et fermé les yeux. Je savais que quand je les rouvrirais, ils seraient toujours là. Pourquoi nos parents ne nous foutaient pas la paix, à Dante et à moi ?

J'ai décidé de rouvrir les yeux.

Je pensais que M. Quintana dirait autre chose, mais il s'est tu. Peut-être avait-il senti que j'en avais assez.

Nous avons parlé de Chicago. M. Quintana m'a expliqué que l'université leur avait trouvé un petit appartement. Mme Quintana prenait un congé sabbatique de huit mois. Ils ne partaient pas vraiment un an. Juste l'année scolaire.

Je ne me souviens pas de tout ce que les Quintana ont dit. Ils faisaient de leur mieux. Une partie de moi s'en fichait complètement. Évidemment, la conversation est revenue sur Dante et moi. Mme Quintana a dit qu'elle allait emmener Dante voir un psy. Elle a ajouté que ce serait une bonne idée que j'en voie un aussi. Elle parlait comme une thérapeute, quoi.

— Je m'inquiète pour vous deux.

— Vous devriez prendre un café avec ma mère. Vous pourriez vous inquiéter ensemble.

M. Quintana a trouvé ça drôle, même si je n'avais pas cherché à faire de l'humour.

Mme Quintana m'a souri.

— Aristote Mendoza, tu n'es absolument pas ennuyeux.

Au bout d'un moment, j'étais trop fatigué pour me concentrer.

Quand M. Quintana m'a dit au revoir, je n'ai pas pu supporter la gratitude dans son regard. Quant à Mme Quintana, elle a pris mon visage dans ses mains, m'a regardé droit dans les yeux et a chuchoté :

— Aristote Mendoza, je t'aimerai toujours.

Sa voix était douce et posée. Il n'y avait aucune larme dans ses yeux. Dante avait raison : elle était insondable.

J'AI REÇU UN APPEL DE DANTE.

— Désolé de ne pas être venu te voir.

— C'est rien. Je ne suis pas d'humeur à parler, de toute façon.

— Moi non plus. Mes parents t'ont fatigué ?

— Non, ils sont gentils.

— Ma mère dit que je vais devoir aller chez un psy.

— Oui, elle en a parlé.

— Tu vas aller en voir un, toi ?

— Ah non. Je ne vais nulle part.

— Ma mère a parlé avec la tienne.

— Ça ne m'étonne pas. Alors, tu vas aller voir un psy ?

— Quand ma mère pense que c'est une bonne idée, il n'y a pas d'échappatoire possible. Mieux vaut abdiquer.

J'ai ri. J'avais envie de lui demander ce qu'il allait dire au psy, tout en ne voulant pas vraiment le savoir.

— Comment va ton visage ?

— J'aime bien le regarder en détail.

— T'es vraiment bizarre. Finalement, c'est bien que tu voies un psy.

J'aimais l'entendre rire. C'était comme un retour à la normale. Une partie de moi pensait pourtant que plus rien ne serait comme avant.

— Tu souffres encore beaucoup, Ari ?

— Je ne sais pas. Je n'arrive pas à penser à autre chose qu'à mes jambes. Je rêve d'arracher mes plâtres.

— C'est entièrement ma faute.

Je détestais l'inflexion de sa voix.

— Écoute. On peut instaurer des règles ?

— Encore des règles ? Comme celle qui interdit de pleurer ?

— Oui.

— On t'a retiré ta morphine ?

— Oui.

— Tu es juste de mauvaise humeur.

— Ça n'a rien à voir avec mon humeur. Je te parle de règles. Tu adores ça, non ?

— Je déteste les règles. Ce que j'aime, c'est les briser.

— Non, Dante. Tu aimes créer tes propres règles. Tu n'aimes que *tes* règles.

— Depuis quand tu m'analyses ?

— Tu vois, tu n'as pas besoin de psy. Tu m'as moi.

— J'en parlerai à ma mère.

— Bon, Dante. Règle numéro un : Nous ne parlerons jamais de l'accident. Jamais. Règle numéro deux : Arrête de me remercier. Règle numéro trois : Ce n'est pas ta faute. Règle numéro quatre : Passons à autre chose.

— Je ne suis pas sûr d'aimer tes règles, Ari.

— Parles-en avec ton psy. Mais c'est comme ça.

— Tu as l'air en colère.

— Je ne suis pas en colère.

Dante réfléchissait. Il sentait que j'étais sérieux.

— OK. Nous ne parlerons jamais de l'accident. C'est idiot, mais OK. Mais je peux dire une dernière fois que je suis désolé ? Et aussi merci ?

— Tu viens de le faire. C'est fini, OK ?

— Est-ce que tu lèves les yeux au ciel ?

— Oui.

— OK, j'arrête.

Cet après-midi-là, il a pris le bus pour venir me voir. Il n'avait pas l'air en grande forme. Il essayait de faire comme si ça ne lui faisait rien de me voir comme ça.

— N'aie pas pitié de moi. Le docteur a dit que j'allais gentiment guérir.

— Gentiment ?

— C'est exactement ce qu'il a dit. Dans huit, dix, disons douze semaines, je serai redevenu moi-même, même si on ne peut pas dire que ce soit une perspective heureuse.

Dante a ri puis s'est interrompu.

— Vas-tu décréter une loi interdisant de rire ?

— Ça fait toujours du bien de rire.

— Tant mieux.

Il s'est assis et a sorti des livres de son sac à dos.

— Je t'ai apporté de quoi lire. *Les Raisins de la colère* et *Guerre et Paix*.

— Super.

Il a balayé la chambre du regard.

— J'aurais dû t'apporter des fleurs.

— Je déteste les fleurs.

— Je m'en doutais un peu.

J'ai jeté un œil aux livres.

— Ils sont ultralongs.

— C'est l'idée.

— Faut dire que j'ai du temps. Tu les as lus ?

— Évidemment.

— Évidemment.

Il a posé les livres sur la table de nuit puis a sorti son carnet de croquis.

— Tu vas me dessiner dans le plâtre ?

— Non. Je me suis dit que tu voudrais voir mes dessins.

— OK.

— Ça a l'air de te mettre en joie.

— Ce n'est pas ça. C'est la douleur qui va et vient.

— Tu as mal, là ?

— Oui.

— Tu prends des trucs ?

— J'essaie d'éviter. Je n'aime pas l'état dans lequel ça me met.

J'ai appuyé sur le bouton du lit pour m'asseoir. J'avais envie de hurler.

Dante m'a tendu son carnet.

Je l'ai ouvert.

— Tu regarderas après mon départ.

Je l'ai interrogé du regard.

— Moi aussi, j'ai des règles.

J'ai éclaté de rire. Au moins, pendant que je riais, je ne pensais pas à la drôle de sensation que j'avais dans les jambes.

— Parle-moi des passagers du bus.

Il a souri.

— Il y avait un type qui m'a parlé des extraterrestres de Roswell. Il m'a raconté que...

Je n'ai pas écouté l'histoire. Cela me suffisait d'entendre sa voix. C'était comme écouter une chanson. Je n'arrêtais pas de penser à l'oiseau aux ailes cassées. Personne ne m'avait dit ce qu'il était advenu de lui. Et je ne pouvais pas le demander sans briser ma propre règle. Dante a continué son histoire d'extraterrestres.

Je me suis mis à penser que je le détestais.

Quand il est enfin parti, j'ai fixé son carnet de croquis. Il n'avait jamais montré ses dessins à quiconque. Il me les confiait à moi, Ari.

Il ne me les montrait que par reconnaissance.

J'avais toute cette gratitude en horreur.

Dante pensait qu'il me devait quelque chose.

J'ai jeté le carnet à l'autre bout de la chambre.

Quatre

MA MÈRE EST ENTRÉE DANS LA CHAMBRE JUSTE au moment où le carnet de croquis heurtait le mur.

— Tu veux bien me dire ce qu'il se passe ?

J'ai fait non de la tête. Ma mère a ramassé le carnet et s'est assise. Elle s'apprêtait à l'ouvrir.

— Ne fais pas ça.

— Quoi ?

— Ne l'ouvre pas.

— Pourquoi ?

— Dante n'aime pas qu'on regarde ses dessins.

— Toi seul en as le droit ?

— Je crois.

— Alors pourquoi l'as-tu jeté contre le mur ?

— Je ne sais pas.

— Ari, je sais que tu ne veux pas en parler, mais je pense que…

— Je ne veux pas savoir ce que tu penses, maman.

— Ce n'est pas bon de tout garder pour soi. Je sais que c'est difficile. Et les prochains mois le seront encore plus. Tout garder pour toi ne t'aidera pas à guérir.

— Eh bien, peut-être que tu devrais m'envoyer chez un psy.

— Pas de sarcasme, je te prie. Je ne crois pas que voir un psy soit une si mauvaise idée.

— Mme Quintana et toi passez des accords en catimini ?

J'ai fermé les yeux, puis je les ai rouverts.

— Maman, faisons un deal.

Je sentais la colère monter.

— Tu me parles de mon frère et je te parle de ce que je ressens.

Elle a paru surprise et blessée. Et furieuse.

— Ton frère n'a rien à voir là-dedans.

— Tu crois que papa et toi êtes les seuls à pouvoir garder des choses en vous ? Papa garde toute une guerre en lui ! Moi aussi, je peux le faire !

— Ça n'a aucun rapport.

— Je ne vois pas les choses comme ça. Va donc voir un psy. Et papa aussi. Peut-être qu'après j'irai en voir un.

— Je vais me chercher un café.

— Prends ton temps.

J'ai fermé les yeux. C'était mon nouveau truc : fermer les yeux et m'isoler du monde.

Cinq

MON PÈRE EST VENU ME VOIR TOUS LES SOIRS.

J'aurais préféré qu'il reste à la maison.

Il essayait de me parler, mais ça ne marchait pas. Il restait assis là. Ça me rendait dingue. J'ai eu une idée.

— Dante m'a laissé deux livres. Lequel veux-tu lire ? Je lirai l'autre.

Il a choisi *Guerre et Paix*.

Les Raisins de la colère me convenaient.

Ce n'était pas si mal de lire ensemble, dans ma chambre d'hôpital.

Mes jambes me démangeaient horriblement.

Lire m'aidait.

Parfois, je sentais le regard de mon père sur moi.

Il m'a demandé si je faisais encore des cauchemars.

— Oui. Maintenant je cherche mes jambes.

— Tu les retrouveras.

Ma mère n'a jamais évoqué notre conversation au sujet de mon frère. Elle a fait comme s'il ne s'était rien passé. Je ne savais pas quoi en penser. L'aspect positif, c'était qu'elle ne me poussait plus à parler. Elle passait son temps à l'hôpital, à s'assurer que j'étais confortablement installé. Évidemment que non. Qui se sentirait bien avec deux jambes dans le plâtre ? J'avais besoin d'aide pour tout faire. Sans parler des bassins hygiéniques et des balades en fauteuil roulant, mon nouveau meilleur ami.

Ma mère me rendait fou.

— Maman, arrête de faire les cent pas. Je vais être obligé de dire le mot qui commence par un *p*. Je te jure.

— Ne t'avise pas de prononcer ce mot devant moi.

— Si tu n'arrêtes pas, je le dis.

— À quoi joues-tu ?

— Ce n'est pas un jeu, maman.

J'étais désespéré.

— Quand mes jambes ne me font pas mal, elles me démangent. On m'a retiré la morphine…

Ma mère m'a interrompu.

— Ce qui est une bonne chose.

— Oui. OK, maman. Tu ne veux pas que je devienne un drogué. Mais merde, tout ce que je veux, c'est qu'on me fiche la paix.

À la suite de cet échange, elle m'a laissé respirer.

Dante n'est jamais revenu me voir. Il appelait deux fois par jour pour faire coucou. Il avait attrapé la grippe. Le pauvre, il avait l'air mal en point. Un jour, il a téléphoné et a déclaré :

— J'ai quelque chose à te dire, Ari.

— Quoi ?

— Peu importe. Ça ne fait rien.

Je me suis dit que cela devait être important.

— Bon, ai-je lâché.

— J'aimerais tellement qu'on retourne à la piscine.

— Moi aussi.

J'étais heureux qu'il ait appelé. Mais aussi qu'il ne puisse pas venir me voir. Je ne sais pas pourquoi. Je n'arrêtais pas de me répéter qu'à présent la vie serait différente. Je me demandais ce que ça m'aurait fait de perdre mes jambes. En un sens, je les avais perdues. Pas pour toujours. Pour un moment.

J'ai essayé de marcher avec des béquilles, mais vraiment, avec deux jambes et un bras dans le plâtre, c'était impossible. Les infirmières et ma mère m'avaient prévenu, mais je voulais me faire mon idée.

Tout était difficile. Voire humiliant. Je ne pouvais ni prendre de douche ni utiliser mes deux mains. Seuls mes doigts fonctionnaient.

Je me suis entraîné à piloter un fauteuil roulant que j'ai baptisé Fidel.

Le docteur Charles est venu me rendre une dernière visite.

— Tu as réfléchi à ce que je t'ai dit ?

— Ouais.

— Et ?

— Je pense que vous avez bien fait de devenir chirurgien. Vous auriez été un mauvais thérapeute.

— Tu fais toujours le malin.

— Toujours.

— Eh bien, que dirais-tu d'aller faire le malin chez toi ?

J'ai eu envie de le serrer dans mes bras. J'étais heureux. Ça a duré environ dix secondes. Et puis j'ai commencé à angoisser.

J'ai fait la morale à ma mère.

— À la maison, tu n'auras pas le droit de me coller.

— Ça suffit, toutes ces règles, Ari.

— Interdit de me coller. C'est tout.

— Tu vas avoir besoin d'aide.

— Et aussi qu'on me laisse tranquille.

Elle m'a souri.

— Big Brother te regarde.

Même quand je voulais haïr ma mère, je l'aimais. Était-ce vraiment normal pour un ado de quinze ans d'aimer sa mère ? Peut-être. Peut-être pas.

Je me suis allongé sur la banquette arrière de la voiture. Heureusement que mon père était fort, car ça n'a pas été facile de me faire entrer. Tout était difficile et mes parents avaient peur de me faire mal.

Dans la voiture, personne n'a prononcé le moindre mot.

Par la vitre, j'ai observé les oiseaux.

Je voulais fermer les yeux et me laisser engloutir par le silence.

Six

LE LENDEMAIN DE MON RETOUR À LA MAISON,
ma mère m'a lavé la tête.

— Tu as de si beaux cheveux.

— Je crois que je vais les laisser pousser.

Comme si j'avais le choix. Une visite chez le coiffeur aurait
été un vrai cauchemar.

Elle m'a fait ma toilette à l'éponge.

J'ai fermé les yeux et je n'ai pas bougé.

Elle m'a rasé.

Lorsqu'elle est sortie de ma chambre, j'ai éclaté en sanglots.
Je n'avais jamais été si malheureux. Jamais.

Je sais que ma mère m'a entendu, mais elle a eu la décence
de me laisser pleurer seul.

J'ai passé la journée à regarder par la fenêtre. Je me suis aussi
entraîné à manœuvrer le fauteuil roulant dans la maison. Ma
mère passait son temps à réorganiser l'espace pour que ce soit
plus facile.

Nous nous souriions beaucoup.

— Tu peux regarder la télévision, si tu veux.

— Ça tue le cerveau. J'ai un livre.

— Il te plaît ?

— Ouais. Il est un peu triste. On dirait bien que les Mexicains ne sont pas les seuls pauvres dans le monde.

Mes sœurs sont venues dîner. Mes nièces et mes neveux ont

signé sur mes plâtres. Je crois que j'ai beaucoup souri. Tout le monde riait et parlait, et tout paraissait normal. J'étais content pour mes parents car je crois que je rendais la maison triste.

Lorsque mes sœurs sont parties, j'ai demandé à mon père si l'on pouvait s'asseoir sur la terrasse.

Moi sur Fidel. Mes parents sur des rocking-chairs.

Nous avons bu du café.

Mes parents se tenaient par la main. Je me demandais ce que ça faisait de tenir quelqu'un par la main. Je parie qu'on trouve tous les mystères de l'univers dans la main de quelqu'un.

Sept

C'ÉTAIT UN ÉTÉ PLUVIEUX. CHAQUE APRÈS-MIDI, les nuages se rassemblaient comme une volée de corbeaux et il pleuvait. Je suis tombé amoureux du tonnerre. Après avoir lu *Les Raisins de la colère* et *Guerre et Paix*, j'ai pris la décision de lire Hemingway. Mon père a décidé de lire tout ce que je lirais. Peut-être était-ce notre façon de nous parler.

Dante venait tous les jours.

Il ne m'a jamais demandé ce que je pensais de ses dessins. J'avais mis le carnet de croquis sous mon lit et refusé de les regarder. Je crois que c'était ma façon de punir Dante. Il m'avait donné une partie de lui qu'il n'avait jamais donnée à quelqu'un d'autre. Et je ne m'étais pas donné la peine d'y jeter un coup d'œil. Pourquoi ?

Un jour, il a lâché qu'il était allé voir un psy.

J'espérais qu'il ne me parlerait pas de sa séance. Il n'a rien dit. J'en ai été soulagé, puis fâché. D'accord, j'étais lunatique.

Dante me regardait fixement.

— Quoi ?

— Tu vas y aller ?

— Où ?

— Voir un psy, crétin.

— Non.

— Non ?

J'ai baissé les yeux sur mes jambes.

131

— Ça aide, de voir un psy. Vraiment.

— Tu vas y retourner ?

— Peut-être.

J'ai hoché la tête.

— Parler n'aide pas tout le monde.

Dante a souri.

— Dit le grand bavard.

J'ai souri également.

Huit

JE NE SAIS PAS COMMENT C'EST ARRIVÉ, MAIS UN matin Dante est venu chez moi et a proposé de me faire ma toilette.

— Eh bien, c'est plutôt ma mère qui le fait.

— Elle a dit qu'elle était d'accord.

— Tu lui as demandé ?

— Oui.

— Ah. Enfin, c'est plutôt à elle de le faire.

— Et ton père ? Il t'a déjà fait ta toilette ?

— Non.

— Il t'a rasé ?

— Non. Je ne veux pas qu'il le fasse.

— Pourquoi ?

— Parce que.

Il était calme.

— Je ne te ferai pas mal. Laisse-moi faire.

Au lieu de lui dire d'aller se faire foutre, j'ai dit d'accord.

J'avais appris à être parfaitement passif pendant que ma mère me lavait et me rasait. Je fermais les yeux et je pensais aux personnages du roman que je lisais.

J'ai fermé les yeux. J'ai senti les mains de Dante sur mes épaules, mon dos et mon torse, l'eau chaude, le savon, le gant de toilette.

Ses mains étaient plus grandes que celles de ma mère. Et

plus douces. Il était lent, méthodique, attentionné. Entre ses mains, je me sentais aussi fragile que de la porcelaine.

Je n'ai jamais ouvert les yeux. Nous n'avons pas parlé. Il m'a rasé.

Une fois qu'il a eu terminé, j'ai ouvert les yeux. Des larmes coulaient le long de ses joues. J'aurais dû m'en douter. J'avais envie de lui hurler dessus, de lui dire que ce serait plutôt à moi de pleurer.

Dante ressemblait à un ange et j'avais envie de lui mettre mon poing dans la gueule. Je ne supportais pas ma propre cruauté.

Neuf

TROIS SEMAINES ET DEUX JOURS APRÈS L'ACCIDENT, je suis allé chez le médecin pour changer mes plâtres et passer des radios. Mon père avait pris sa journée. Étrangement, sur la route, il a été très bavard.

— Pour le 13 août…

OK, ma date de naissance.

— Je me suis dit que tu aimerais avoir une voiture.

Une voiture. Merde.

— Ouais. Mais je ne sais pas conduire.

— Tu peux apprendre.

— Tu as dit que tu ne voulais pas que je conduise.

— Je n'ai jamais dit ça. Tu me confonds avec ta mère.

Depuis la banquette arrière, je ne pouvais pas voir le visage de ma mère.

— Et qu'en pense-t-elle ?

— Tu veux dire, ta mère la fasciste ?

— Oui, elle.

Nous avons tous pouffé de rire.

— Alors, qu'en dis-tu, Ari ?

Mon père avait l'air d'un enfant.

— J'aimerais bien, tu sais, une de ces voitures de course.

Ma mère a réagi dans la seconde.

— Moi vivante, jamais.

J'ai eu un fou rire pendant au moins cinq minutes. Mon père aussi.

— OK. Sérieusement ?

— Sérieusement.

— J'aimerais un vieux pick-up.

Mes parents ont échangé un regard.

— Ça c'est possible, a dit ma mère.

— J'ai juste deux questions. La première : est-ce que vous m'achetez une voiture parce que vous avez pitié de moi ?

Ma mère m'avait vu venir.

— Non. Tu ne seras invalide que pendant les quatre prochaines semaines. Puis tu auras de la rééducation et tu seras à nouveau sur pied et tu redeviendras un emmerdeur.

Ma mère n'utilisait jamais de gros mots. Elle ne plaisantait pas avec ça.

— Quelle est ta deuxième question ?

— Lequel de vous deux va me donner des cours de conduite ?

Ils répondirent « Moi ! » en chœur.

Dix

JE NE SUPPORTAIS PAS L'ATMOSPHÈRE CONFINÉE

de la maison. Je ne me sentais plus chez moi, mais comme un invité non désiré. J'avais horreur qu'on m'aide tout le temps et que mes parents soient si patients avec moi. Ils ne faisaient rien de mal, ils voulaient simplement m'aider, mais je les haïssais. Et je haïssais Dante aussi.

Et je me détestais de les détester. Un vrai cercle vicieux. Mon petit univers de haine.

J'avais l'impression que rien n'irait jamais mieux. Mais ma vie s'est améliorée avec mes nouveaux plâtres. J'ai pu plier les genoux. Je n'ai utilisé Fidel qu'une semaine de plus. Puis on m'a retiré le plâtre de mon bras et j'ai pu utiliser des béquilles. Mon père a rangé Fidel à la cave.

En retrouvant l'usage de mes mains, j'ai enfin pu me laver seul. Dans mon journal, j'ai écrit : *J'AI PRIS UNE DOUCHE !*

J'étais presque heureux. Moi, Ari, presque heureux.

— Ton sourire est de retour, a dit Dante.

— Les sourires vont et viennent.

Le kinésithérapeute m'avait donné des exercices à faire pour mon bras.

Un jour, je me suis réveillé et je me suis regardé dans le miroir de la salle de bains. *Qui es-tu ?* Dans la cuisine, ma mère buvait un café en revoyant ses cours pour la nouvelle année scolaire.

— Tu planifies ton avenir, maman ?

— J'aime être préparée.

Je me suis assis en face d'elle.

— Tu es une bonne chef scout.

— Ça t'énerve, n'est-ce pas ?

— Pourquoi dis-tu ça ?

— Tu as détesté aller chez les scouts.

— Papa m'y a obligé.

— Tu es prêt à retourner à l'école ?

J'ai levé mes béquilles.

— Carrément. Je vais porter des shorts tous les jours.

Elle m'a versé une tasse de café et m'a recoiffé.

— Tu veux te faire couper les cheveux ?

— Non. J'aime bien comme ça.

Elle a souri.

— Moi aussi.

Nous avons bu notre café en silence. Je la regardais lire ses dossiers. Dans la lumière du matin, elle avait l'air jeune. Elle était belle. Je l'enviais. Elle avait toujours su qui elle était.

J'aurais voulu lui demander : *Maman, quand saurai-je qui je suis ?*

Mes béquilles et moi sommes retournés dans ma chambre où j'ai pris mon journal. Depuis quelque temps, j'avais évité d'écrire, de peur que ma rage ne s'étale sur ses pages. Je ne voulais pas voir cette douleur. Ce jour-là, j'ai écrit :

— L'école reprend dans cinq jours. Avant-dernière année de lycée. Je devrai y aller avec mes béquilles. Tout le monde va les remarquer. Merde.

— Je me vois au volant d'un pick-up, roulant dans le désert. Personne à l'horizon. Je me vois allongé à l'arrière, admirant les étoiles. Sans pollution lumineuse.

— La rééducation va bientôt commencer. Le docteur dit que la natation me fera du bien. Nager me fera penser à Dante. Merde.

— Quand j'irai mieux, je me mettrai à la musculation. Papa a entreposé ses poids à la cave.

— Dante part dans une semaine. Je suis content. J'ai besoin d'une pause. Je n'en peux plus qu'il vienne me voir tous les jours juste parce qu'il a mauvaise conscience. Je ne sais pas si nous resterons amis.

— Je veux un chien. Je veux le promener chaque jour.

— Je ne sais pas qui je suis.

— Ce que je veux vraiment pour mon anniversaire : qu'on me parle de mon frère et voir accrocher sa photo sur l'un des murs de la maison.

— J'avais espéré que cet été je découvrirais le monde qui, selon mes parents, m'appartenait. Ce monde n'existe pas.

Ce soir-là, Dante est venu me voir.

Nous nous sommes assis côte à côte sur les marches de la terrasse.

Il a étiré son bras, celui qui avait été cassé pendant l'accident.

J'ai étiré mon bras, celui qui avait été cassé pendant l'accident.

Nous avons souri.

— Quand quelque chose est cassé, on peut le réparer.

Il s'est étiré encore une fois.

— Comme neuf.

— Peut-être pas comme neuf, ai-je précisé. Mais très bien.

Son visage avait cicatrisé. Il était à nouveau parfait.

— Aujourd'hui, je suis allé nager.

— Comment c'était ?

— J'aime la natation.

— Je sais.

— J'aime la natation, a répété Dante.

Il s'est tu pendant un moment, puis il a dit :

— J'aime la natation... et toi.

Je n'ai rien répondu.

— La natation et toi, Ari. Voilà ce que j'aime vraiment.

— Tu ne devrais pas dire ça.

— Mais c'est vrai.

— Je n'ai pas dit le contraire, mais tu ne devrais pas le dire.

— Pourquoi ?

— Dante, je ne...

— Pas besoin d'en dire plus. Je sais que nous sommes différents.

— Oui, nous sommes différents.

J'avais compris ce qu'il venait de dire et j'aurais tellement aimé qu'il soit quelqu'un d'autre. Quelqu'un qui n'aurait pas besoin de tout dire tout haut. J'ai simplement hoché la tête.

— Tu me détestes ?

Depuis l'accident, j'en voulais à tout le monde : Dante, mes parents, moi-même. Mais à cet instant, je savais que je ne détestais pas vraiment les autres. Je ne haïssais pas Dante. Pas du tout. Je ne savais pas comment être son ami, ou celui de quiconque. Mais ça ne signifiait pas que je le haïssais.

— Non, Dante. Je ne te déteste pas.

Nous sommes restés assis là, sans rien dire.

— Nous serons encore amis quand je reviendrai de Chicago ?

— Oui.
— Vraiment ?
— Oui.
— Promis ?
J'ai scruté son visage parfait.
— Promis.
Il a souri. Il ne pleurait pas.

Onze

LA VEILLE DE LEUR DÉPART POUR CHICAGO, Dante et ses parents sont venus à la maison. Nos mères ont cuisiné ensemble. Je n'étais pas surpris qu'elles s'entendent si bien. En un sens, elles se ressemblaient beaucoup. Par contre, j'ai été étonné de voir combien mon père et M. Quintana sympathisaient : ils buvaient des bières en parlant de politique dans le salon.

Assis sur la terrasse, Dante et moi ne savions pas quoi nous dire. Puis, pendant que je jouais avec mes béquilles, une idée m'est venue.

— Ton carnet de croquis est sous mon lit. Tu veux bien aller me le chercher ?

Dante a hésité. Puis il a disparu dans la maison. Quelques instants plus tard il en est ressorti et m'a tendu le carnet.

— J'ai un aveu à te faire, ai-je murmuré.

— Quoi ?

— Je ne l'ai jamais ouvert.

Il n'a rien dit.

— Tu veux bien qu'on le regarde ensemble ?

Il n'a pas répondu. J'ai ouvert le carnet. Le premier dessin était un autoportrait de lui en train de lire. Le deuxième montrait son père en plein travail. Puis un autre autoportrait. Juste son visage.

— Tu as l'air triste sur celui-ci.

— Je devais être triste ce jour-là.

— Tu es triste, là ?

Il n'a pas répondu.

J'ai feuilleté le carnet jusqu'à un portrait de moi. Il y avait cinq ou six dessins exécutés le jour de sa visite à l'hôpital. Je les ai étudiés avec attention. Ils étaient à la fois précis et spontanés.

— Ils sont sincères.

— Sincères ?

— Sincères et vrais. Un jour, tu seras un grand artiste.

— Un jour. Tu n'es pas obligé de garder le carnet, tu sais.

— Tu me l'as donné. Il m'appartient.

Ç'a été tout.

Ce soir-là, nous ne nous sommes pas vraiment dit au revoir. M. Quintana m'a embrassé sur la joue. C'était son truc. Mme Quintana m'a pris le menton et m'a regardé droit dans les yeux, comme elle l'avait fait à l'hôpital.

Dante m'a serré dans ses bras. Je l'ai serré aussi.

— À dans quelques mois, a-t-il lancé.

— Ouais.

— Je t'écrirai.

Je savais qu'il le ferait.

Je n'étais pas sûr de lui répondre.

Après leur départ, il s'est mis à pleuvoir. Assis sur la terrasse avec mes parents, je n'arrêtais pas de revoir Dante sous la pluie avec l'oiseau dans les mains. Impossible de savoir s'il souriait ou non.

Je me suis mordu la lèvre pour m'empêcher de pleurer.

— J'aime la pluie, a murmuré ma mère.

Moi aussi, je l'aime. Moi aussi.

J'avais l'impression d'être le garçon le plus triste de l'univers. L'été était terminé. Et c'était la fin du monde.

Les lettres

Il y a des mots que je ne saurai jamais épeler.

Un

PREMIER JOUR D'ÉCOLE, LYCÉE D'AUSTIN, 1987.

— Qu'est-ce qui t'est arrivé, Ari ?

Ma réponse tenait en deux mots.

— Un accident.

Gina Navarro m'a abordé au déjeuner.

— Un accident ?

— Ouais.

— C'est pas une réponse.

Gina Navarro. Elle pensait avoir le droit de me harceler parce qu'on se connaissait depuis la maternelle. Gina détestait les réponses simples. Sa devise était : *La vie est compliquée.* Je n'avais rien à lui dire, donc je suis resté muet.

— Ari, tu ne changeras donc jamais ?

— Le changement, c'est surfait.

— Je ne suis pas sûre de bien t'aimer, Ari.

— Je ne suis pas sûr de bien t'aimer, Gina.

— Toutes les relations ne sont pas basées sur une appréciation mutuelle.

— C'est vrai.

— Écoute, je suis la personne que tu connais depuis le plus longtemps.

— Tu me déprimes, Gina.

— Ne me rends pas responsable de ta mélancolie.

— Ma mélancolie ?

— T'auras qu'à chercher la définition dans le dico. Tu es le seul responsable de ta tristesse. Regarde-toi, enfin. T'es dans un sale état.

— Dégage, Gina. Fous-moi la paix.

— C'est ça ton problème. Tu passes trop de temps seul. Exprime-toi !

— Non merci.

Je savais qu'elle ne me lâcherait pas.

— Dis-moi juste ce qu'il s'est passé.

— Je te l'ai dit. J'ai eu un accident.

— Quel genre d'accident ?

— C'est compliqué.

— Tu te fous de moi.

— T'as remarqué ?

— T'es trop con.

— C'est ça.

— Vraiment.

— Tu m'emmerdes, Gina.

— Tu devrais me remercier. Au moins, je te parle. Tu es le mec le moins populaire de toute l'école.

J'ai pointé du doigt Charlie Escobedo qui sortait de la cafeteria.

— Non, c'est lui. Je suis loin devant.

Susie Byrd s'est assise à côté de Gina. Elle a fixé mes béquilles.

— Qu'est-ce qui t'est arrivé ?

— Un accident.

— Un accident ?

— C'est ce qu'il dit.

— Quel genre d'accident ?

— Il ne veut pas le dire.

Gina commençait à sérieusement s'énerver. La dernière fois que je l'avais vue comme ça, elle m'avait jeté une pierre.

— Dis-le-nous.

— OK. C'était après un orage. Vous vous souvenez du jour où il a grêlé ?

Elles ont hoché la tête.

— Bon. Un type se tenait au milieu de la route alors qu'une voiture arrivait. Je me suis jeté sur lui et je l'ai poussé hors de la chaussée. Je lui ai sauvé la vie. La voiture a roulé sur mes jambes. C'est tout.

— Tu racontes vraiment que des conneries, a dit Gina.

— C'est la vérité.

— Tu veux me faire croire que tu es une sorte de héros ?

— Tu comptes me jeter une pierre ?

— Tu racontes que des bobards, a dit Susie. Qui est le mec que tu es censé avoir sauvé ?

— Je ne sais pas. Un mec.

— Comment il s'appelle ?

J'ai attendu quelques secondes avant de répondre.

— Je crois qu'il s'appelle Dante.

— Dante ? Et tu penses qu'on va te croire ?

Gina et Susie se sont levées et sont parties.

J'ai souri tout le reste de la journée. Parfois, il suffit de dire la vérité. Les gens ne vous croient pas et ils vous fichent la paix.

Deux

MON DERNIER COURS DE LA JOURNÉE ÉTAIT LE cours d'anglais avec M. Blocker. C'était son premier poste. Il était enthousiaste et tout sourire. Il trouvait encore les élèves de lycée sympathiques. Quelle naïveté. Dante l'aurait adoré.

Évidemment, il voulait mieux nous connaître. J'éprouvais toujours une sorte de pitié pour les nouveaux profs. Ils faisaient tellement de leur mieux que c'en était gênant.

Tout d'abord, M. Blocker nous a demandé de parler d'un événement intéressant qui nous serait arrivé cet été. J'ai toujours exécré ces exercices à la con pour briser la glace. Il faudrait que ma mère m'explique.

Gina Navarro, Susie Byrd et Charlie Escobedo étaient dans ma classe. Quelle poisse. Ces trois-là me posaient tout le temps des tas de questions auxquelles je ne voulais pas répondre. Ils voulaient me connaître. Eh bien, je n'avais pas envie que l'on me connaisse. J'aurais bien acheté un tee-shirt « Ne pas approcher », mais il aurait aiguisé la curiosité de Gina.

J'étais donc coincé dans une pièce avec Gina, Susie, Charlie et un nouveau prof friand de questions. J'ai vaguement prêté une oreille à ce que les autres répondaient. Johnny Alvarez avait appris à conduire. Felipe Calderón avait rendu visite à son cousin à Los Angeles. Susie Byrd avait fait un stage de base-ball à Austin. Carlos Gallinar avait soi-disant perdu sa virginité. Tout le monde a ri. « Avec qui ? Avec qui ? » Après ça, M. Blocker a dû édicter quelques règles. J'ai décidé de rêvasser, de penser au pick-up que j'espérais avoir pour mon anniversaire. Je m'imaginais, roulant sur une route de terre, des nuages dans le ciel bleu, U2 en musique de fond. C'est alors que j'ai entendu la voix de M. Blocker.

— Monsieur Mendoza ?

Au moins, il a prononcé mon nom correctement. J'ai levé les yeux vers lui.

— Êtes-vous avec nous ?

— Oui, monsieur.

Puis j'ai entendu Gina crier :

— Il ne lui arrive jamais rien d'intéressant.

Tout le monde a rigolé.

— C'est vrai, ai-je répliqué.

Au lieu de passer à quelqu'un d'autre, M. Blocker a attendu que je parle.

— Gina a raison. Il ne m'est rien arrivé d'intéressant cet été.

— Rien ?

— Je me suis juste fait casser les jambes dans un accident, ai-je ajouté en hochant la tête.

J'étais mal à l'aise et du coup j'ai décidé de faire mon malin.

— Oh, je n'avais jamais essayé la morphine avant. Ça c'était intéressant.

Tout le monde a ri, surtout Charlie Escobedo qui dédiait sa vie aux psychotropes.

M. Blocker a souri.

— Tu as dû avoir extrêmement mal.

— Oui.

— Ça va aller, Ari ?

— Oui.

Quelle conversation insupportable.

— Tu as encore mal ?

— Non.

C'était un petit mensonge. La vraie réponse était longue et compliquée. Gina Navarro avait raison. La vie *était* compliquée.

Trois

EN FEUILLETANT MON JOURNAL, J'AI EXAMINÉ attentivement mon écriture. Personne ne pouvait me relire. Bonne nouvelle. Non pas que des gens veuillent le lire, mais bon. J'ai écrit :

Cet été, j'ai appris à nager. Non, ce n'est pas vrai. On m'a appris à nager. Dante.

J'ai déchiré la page.

Quatre

— LE PREMIER JOUR, TU FAIS DES EXERCICES POUR briser la glace avec tes élèves ?

— Bien sûr.

— Pourquoi ?

— J'aime connaître mes élèves.

— Pourquoi ?

— Parce que je suis professeur.

— Tu es payée pour enseigner les sciences politiques. Le premier, le deuxième, le troisième amendement, des trucs comme ça. Pourquoi tu ne te contentes pas de parler de ça ?

— J'enseigne à des élèves. Les élèves sont des êtres humains, Ari.

— Nous ne sommes pas très intéressants.

— Vous l'êtes plus que vous ne le pensez.

— Nous sommes pénibles.

— Ça fait partie de votre charme.

Son visage exprimait en même temps l'ironie et la sincérité. Cette expression faisait partie de *son* charme.

Cinq

DEUXIÈME JOUR D'ÉCOLE. NORMAL. SAUF qu'après les cours, alors que j'attendais ma mère, une fille, Ileana, est venue me voir. Elle a écrit son nom au marqueur sur l'un de mes plâtres.

Elle m'a regardé droit dans les yeux. Je voulais détourner le regard, mais je ne l'ai pas fait.

Ses yeux avaient la couleur du ciel, la nuit dans le désert.

On sentait qu'elle contenait en elle tout un monde. Je ne savais rien de ce monde.

Six

UN PICK-UP CHEVROLET DE 1957. ROUGE CERISE
avec des pare-chocs et des enjoliveurs chromés, et des pneus
bicolores. C'était le plus beau pick-up du monde. Et il était à
moi.

Je me souviens d'avoir fixé les yeux sombres de mon père et
murmuré : « Merci. »

Je l'ai pris dans mes bras. Je me suis senti idiot, mais j'étais
sincère.

Une vraie camionnette pour Ari.

Ce que je n'ai pas eu : une photo de mon frère sur l'un des
murs de la maison.

On ne peut pas tout avoir.

Je me suis assis dans le pick-up avant de me forcer à rejoindre
la fête. Je détestais les fêtes, même celles organisées en mon
honneur. Au lieu de cela, j'aurais préféré prendre la route avec
mon frère assis à mes côtés. Et Dante. Mon frère et Dante. Ça,
ce serait une fête.

Je crois que Dante me manquait, même si je faisais de mon
mieux pour ne pas penser à lui. Le problème, c'est qu'à force
d'essayer de ne pas penser à une personne, on y pense encore
plus.

Dante.

J'ignore pourquoi, mais j'ai pensé à Ileana.

Sept

CHAQUE JOUR, JE ME LEVAIS TRÈS TÔT, JE boitillais jusqu'à mon pick-up stationné dans le garage et je le faisais rouler dans l'allée. Je savais que j'allais découvrir l'univers à bord de cette camionnette. Quand j'étais assis derrière le volant, tout me semblait possible. Ces moments d'optimisme étaient étranges et magnifiques.

Un matin, ma mère est sortie de la maison et m'a pris en photo.

— Où comptes-tu aller ?

— Au lycée.

— Non. Je veux dire, la première fois que tu conduiras cet engin.

— Dans le désert.

— Tout seul ?

— Ouais.

Je savais qu'elle voulait me demander si je me faisais de nouveaux amis à l'école, mais elle n'a rien dit. Puis ses yeux se sont attardés sur mon plâtre.

— Qui est Ileana ?

— Une fille.

— Elle est jolie ?

— Trop jolie pour moi, maman.

— Idiot.

— Ouais, je suis un idiot.

Cette nuit-là, j'ai fait un cauchemar. Je conduisais mon pick-up dans une rue. Ileana était assise à côté de moi. Je me tournais vers elle et je lui souriais. Je ne voyais pas Dante au milieu de la route et je ne pouvais pas m'arrêter. À mon réveil, j'étais trempé de sueur.

Le lendemain matin, je me suis assis dans ma camionnette et j'y ai bu mon café. Ma mère est sortie et s'est installée sur les marches de la terrasse. Elle a tapoté l'espace libre juste à côté d'elle. Elle s'est contentée de me regarder me contorsionner pour sortir du camion. Elle avait arrêté de me traiter comme un bébé.

Je me suis assis à côté d'elle.

— Plus qu'une semaine et on te retire tes plâtres.

J'ai souri.

— Oui.

— Puis la rééducation.

— Puis les leçons de conduite.

— Ton père a hâte de t'apprendre.

— Tu as perdu à la courte paille ?

Elle a ri.

— Sois patient avec lui, d'accord ?

— T'inquiète pas, maman.

Je savais qu'elle voulait me parler de quelque chose. Je le devinais toujours.

— Dante te manque ?

— Je ne sais pas.

— Comment ça, tu ne sais pas ?

— Eh bien, Dante, il est comme toi. Je veux dire, il me colle un peu.

Elle n'a rien dit.

— J'aime bien être seul. Je sais que tu ne comprends pas, mais c'est vrai.

Elle a hoché la tête. Elle avait l'air de vraiment m'écouter.

— Tu as crié son nom, la nuit dernière.

— Oh. Je rêvais, c'est tout.

— Tu faisais un cauchemar ? Tu veux en parler ?

— Pas vraiment.

Elle m'a donné un petit coup de coude, du genre : *Allez, je suis ta mère.*

— Maman ? Tu ne fais jamais de cauchemars ?

— Rarement.

— Pas comme papa et moi.

— Ton père et toi, vous menez des guerres intérieures.

— Peut-être.

Quoi qu'il arrive, ma mère était là, ce qui déclenchait en moi des sentiments contradictoires. Je l'aimais et je la détestais.

— Je conduisais ma camionnette sous la pluie. Je n'ai pas pu m'arrêter. Je ne l'ai pas vu au milieu de la route.

— Dante ?

— Oui.

Elle m'a serré le bras.

— Maman, parfois j'aimerais fumer.

— Si tu fumes, je te confisque ta camionnette.

— Au moins, je sais ce qui m'attend si je déroge aux règles.

— Tu me trouves méchante ?

— Je te trouve stricte. Parfois trop.

— Je suis désolée.

— Non, c'est faux.

J'ai empoigné mes béquilles.

— Un jour, je devrai briser quelques-unes de tes règles, maman.

— Je sais. Essaie de le faire derrière mon dos, d'accord ?

— Tu peux en être sûre.

Nous étions bien, assis sur les marches, comme Dante et moi avant.

— Je suis navrée que tu fasses des cauchemars, Ari.

— Papa m'a entendu ?

— Oui.

— Je suis désolé.

— Tu ne peux pas contrôler tes rêves.

— Je sais. Je ne voulais pas le renverser.

— Tu ne l'as pas fait. C'était juste un rêve.

Ce qu'elle ignorait, c'est qu'au lieu de garder les yeux sur la route je regardais une fille. Voilà pourquoi j'avais renversé Dante.

Huit

J'AI REÇU DEUX LETTRES DE DANTE LA MÊME

journée. Elles m'attendaient sur mon lit à mon retour du lycée. Je n'aimais pas que ma mère sache pour les lettres. C'était idiot, mais j'aurais préféré avoir plus d'intimité.

> *Cher Ari*
> *Bon, je crois que je suis tombé amoureux de Chicago. Parfois, je prends le El (c'est comme ça qu'on appelle le métro aérien ici) et, dans ma tête, j'invente des histoires sur les voyageurs. Ici, il y a plus de Noirs qu'à El Paso. Il y a aussi des gens d'origine irlandaise, d'Europe de l'Est et, bien sûr, des Mexicains. Les Mexicains, c'est comme les moineaux, il y en a partout. D'ailleurs, je ne sais toujours pas si je suis mexicain. Je ne crois pas. Que suis-je, Ari ?*

> *JE N'AI PAS LE DROIT DE PRENDRE LE EL LA NUIT. JE RÉPÈTE : JE N'AI PAS LE DROIT.*

> *Mes parents pensent toujours qu'il va m'arriver un truc. Je ne sais plus s'ils étaient comme ça avant l'accident. J'ai dit à mon père : « Une voiture ne peut pas me renverser quand je suis dans le El. » Lui qui est normalement plutôt cool m'a fusillé du regard. « Interdiction de prendre le El la nuit. »*

Mon père aime son boulot ici. Il n'a qu'une seule classe et prépare son intervention dans une conférence sur le post-modernisme ou un truc dans le genre. Je suis sûr que ma mère et moi assisterons à son allocution. J'adore mon père, mais moins ses trucs universitaires.

Ma mère écrit un livre sur les addictions et les jeunes. La plupart de ses patients sont des adolescents. Elle ne parle pas beaucoup de son travail. Elle passe le plus clair de son temps à la bibliothèque et je crois que ça lui plaît. Mes parents sont des grosses têtes. Je trouve ça cool.

Je me suis fait des amis. Sympas. Ils sont tous gothiques. Je suis allé à une fête et j'ai bu ma première bière. En fait, j'en ai bu trois. J'étais un peu bourré. Pas trop, mais un peu. Je n'arrive pas à décider si j'aime la bière ou non. Plus tard, je boirai du vin.
Ma mère dit que je souffre du syndrome de l'enfant unique. Elle a inventé ça, je crois. À qui la faute, de toute façon ? Qui les empêche d'avoir un autre enfant ?

À la fête, on m'a proposé un joint. J'ai pris une ou deux taffes. Enfin, je ne veux pas en parler.

Ma mère me tuerait si elle savait que j'ai bu et fumé. Pas mal.

De l'herbe et de la bière dans une fête, ça n'a rien d'extra-ordinaire. Enfin, je n'ai pas l'intention d'en parler avec mes parents pour autant. L'autre jour, ma mère m'a parlé des drogues dites « incitatives ». J'ai halluciné.

As-tu déjà bu de la bière ? Fumé de l'herbe ? Dis-moi.

J'ai entendu mes parents discuter. Ils ont décidé que si mon père a une offre d'emploi ici, ils refuseront. « Ce n'est pas un endroit pour Dante. » Bien entendu, ils ne m'ont pas demandé mon avis.

Je ne veux pas que mes parents organisent leur vie en fonction de moi. Un jour, je les décevrai. Et puis quoi ?

Pour être honnête, Ari, El Paso me manque. Quand on a déménagé là-bas, je détestais cette ville. Mais maintenant, je pense tout le temps à El Paso.

Et je pense à toi.
Dante

P.-S. Je nage quasiment tous les jours après les cours. Je me suis fait couper les cheveux. Ils sont très courts, mais c'est mieux pour la natation. Je me demande pourquoi je les avais gardés longs.

Cher Ari,
Ici, tout le monde fait des fêtes. Mon père trouve super que je sois invité. Quant à ma mère, difficile de savoir ce qu'elle pense, mais elle remarque tout. Après la dernière fête, elle m'a fait remarquer que mes vêtements sentaient la cigarette. « Il y a des gens qui fument, je lui ai dit. J'y peux rien. »

Alors, vendredi soir je suis allé à une fête. Évidemment, il y avait de l'alcool. J'ai pris une bière, mais franchement c'est pas mon truc. J'aime bien la vodka-orange. Ari, il y avait un monde fou. Ça grouillait. On pouvait à peine bouger.

À un moment, j'ai parlé avec une fille. Elle s'appelle Emma. Elle est intelligente, gentille et belle. On a parlé dans la cuisine. Elle m'a dit qu'elle aimait mon nom. Et soudain, elle s'est penchée et m'a embrassé. Je crois que je l'ai aussi embrassée. Elle avait un goût de menthe et de cigarette. C'était agréable.

On s'est embrassés pendant longtemps.

J'ai fumé une cigarette avec elle et on s'est encore embrassés.

Elle m'a dit qu'elle me trouvait super beau. Personne ne m'a jamais dit ça. Sauf mes parents, mais ça ne compte pas.

Puis on est allés dehors.

Elle a fumé une autre cigarette. Elle m'en a proposé une, mais je lui ai dit que je ne pouvais pas à cause de la natation.

Je pense encore à ce baiser.

Elle m'a donné son numéro.

Je ne sais pas trop quoi penser de tout ça.

Ton ami, Dante

Neuf

J'ESSAYAIS D'IMAGINER DANTE AVEC DES CHEVEUX courts. J'essayais de l'imaginer en train d'embrasser une fille. Dante était compliqué. Gina l'apprécierait. Mais je n'avais aucune intention de les présenter un jour.

Allongé dans mon lit, j'ai pensé lui répondre. Au lieu de cela, j'ai écrit dans mon journal.

Qu'est-ce que ça fait d'embrasser une fille ? Surtout Ileana. Elle n'aurait pas le goût de la cigarette. Quel goût a une fille quand on l'embrasse ?

J'ai arrêté d'écrire et j'ai essayé de penser à autre chose. Comme à ma rédaction sur la crise de 1929 que je n'avais pas envie de rédiger. Ou à Charlie Escobedo qui voulait que je me drogue avec lui. Puis j'ai repensé à Dante embrassant une fille et à Ileana. Peut-être qu'elle fumait, peut-être qu'elle aurait le goût de la cigarette. Je ne savais absolument rien d'elle.

Je me suis assis dans mon lit. Non, non, non. Interdit de penser à embrasser qui que ce soit. Soudain, je ne sais pas pourquoi, je me suis senti triste. Je me suis mis à penser à mon frère. Dès que j'étais triste, je pensais à lui.

Au fond, une partie de moi pensait peut-être perpétuellement à lui. Parfois, je me surprenais en train d'épeler son nom.

B-E-R-N-A-R-D-O. Pourquoi mon cerveau faisait-il ça sans ma permission ?

Il m'arrive de me dire que nos rêves nous permettent de penser à des choses sans le savoir. Nous sommes comme des pneus trop gonflés. Parfois, l'air doit sortir. D'ailleurs, j'ai rêvé de mon frère. J'avais quatre ans, lui quinze. Nous marchions, il me tenait la main et je levais la tête vers lui. J'étais heureux. C'était un beau rêve. Peut-être était-ce en fait un souvenir. Les rêves ne viennent pas de nulle part.

Plus tard, peut-être que j'étudierai les rêves et leur origine. Ma profession serait d'aider les gens qui font des cauchemars. Pour qu'ils n'en fassent plus. Ce serait bien.

Dix

J'AI DÉCIDÉ DE TROUVER UN MOYEN D'EMBRASSER Ileana Tellez. Mais où ? Et quand ? Nous n'avons aucun cours en commun. Je ne la vois presque jamais.

Il faut que je trouve son casier. Voilà mon plan.

Onze

UN JOUR, EN RENTRANT EN VOITURE DE CHEZ le médecin, ma mère m'a demandé si j'avais répondu à Dante.

— Pas encore.

— Tu devrais lui écrire.

— Ça va, maman. Je suis assez grand pour savoir ce que j'ai à faire.

Elle m'a fusillé du regard.

— Garde les yeux sur la route, ai-je ajouté.

En rentrant, j'ai écrit dans mon journal :

Si les rêves ne viennent pas de nulle part, alors cela veut-il dire que dans mon rêve j'écrase Dante ? Que signifie le fait que j'aie encore fait ce rêve ? Les deux fois, je regardais Ileana. OK, ce n'est pas bon signe.

De l'air est en train de s'échapper.

Je ne veux pas y penser.

Je peux penser soit aux rêves que je fais au sujet de mon frère soit aux rêves sur Dante.

Super choix !

Il serait temps que je fasse quelque chose de ma vie.

Douze

LA DERNIÈRE FOIS QUE J'AI VU MON FRÈRE, j'avais quatre ans.

Il y a donc un lien direct entre le rêve et ma vie. J'imagine que c'est à cette époque que tout est arrivé. J'avais quatre ans et lui quinze. Il a fait ce qu'il a fait et maintenant il est en cellule. Non, en prison. Il y a une immense différence. Parfois, quand mon oncle est saoul, il termine sa nuit en cellule (ce qui énerve beaucoup ma mère), pas en prison. Mais il sort vite parce que quand il boit, il ne conduit pas – en revanche, il atterrit dans des endroits bizarres et devient un peu belliqueux. Si ce mot n'existait pas, on l'aurait inventé pour mon oncle lorsqu'il boit. Belliqueux. Mais il y a toujours quelqu'un pour payer sa caution. On ne peut pas faire la même chose avec une personne en prison. On n'en sort pas rapidement grâce à une caution. On y croupit longtemps.

C'est donc là que se trouve mon frère. En prison.

Je vais découvrir pourquoi. C'est mon sujet de recherche. J'y ai mûrement réfléchi.

Première étape, les journaux. Où les vieux journaux sont-ils archivés ?

Si Dante était là, il m'aiderait. Il est intelligent. Il saurait exactement quoi faire.

Je n'ai pas besoin de Dante.

Je peux le faire seul.

Treize

CHER ARI,

J'espère que tu as bien reçu mes lettres. OK, c'est nul. Bien sûr que tu les as reçues. Je ne vais pas analyser le fait que tu ne m'as pas répondu. OK, ce n'est pas complètement vrai. J'ai beaucoup réfléchi au fait qu'aucune lettre ne m'attend à mon retour de la piscine. Je ne vais pas gâcher de papier avec des théories élaborées pendant mes insomnies. Je promets de ne pas t'embêter avec ça, Ari. Si je veux t'écrire, je t'écrirai. Voilà tout. Reste comme tu es. Et moi comme je suis.

En plus de prendre le El, j'ai une autre activité préférée à Chicago : aller au musée d'art moderne. Tu n'imagines pas le nombre d'œuvres qu'il y a là-bas. C'est incroyable. J'aimerais tant que tu sois là et qu'on aille les voir ensemble. Tu hallucinerais.

Il y a là un tableau très célèbre, Nighthawks *d'Edward Hopper. Il représente quatre personnes dans un* diner, *la nuit. Il y a deux hommes en costume, une femme en robe rouge et un barman qui s'affaire derrière le comptoir. Je suis tombé amoureux de cette toile. Parfois, je me dis que tout le monde est comme les personnages du tableau, seul avec sa tristesse. Cette œuvre me fait penser à toi. Elle me brise le cœur.*

Mais mon tableau favori reste Le Radeau de la Méduse *de Géricault, c'est une peinture française. Il représente des naufragés sur un radeau, en pleine mer. Certains regardent vers l'horizon, d'autres sont déjà morts. Il y a tout dans ce tableau, Ari ! La vie, le désespoir. Tout. Un jour, j'irai au Louvre, à Paris, et je passerai mes journées à le contempler.*

J'ai compté les jours, donc je sais qu'on t'a retiré tes plâtres. Je sais que la règle interdit de parler de l'accident. Mais franchement, Ari, c'est inepte. Aucune personne saine d'esprit n'obéirait à cette règle (même si je ne me considère pas spécialement comme sain d'esprit). J'espère que la rééducation se passe bien et que tu es redevenu normal. Bien que tu ne le sois pas spécialement.

Tu me manques. J'ai le droit de dire ça ou une règle l'interdit ? C'est d'ailleurs intéressant que tu aies autant de règles. Pourquoi ? Tout le monde a des règles. Peut-être que ça vient de nos parents qui sont les premiers à nous en imposer. Tu y as déjà pensé ?

Je ne te dirai plus que tu me manques.

Ton ami,

Dante

Quatorze

AVEC L'AIDE DE SUSIE BYRD, J'AI TROUVÉ LE CASIER d'Ileana.

— Ne dis rien à Gina.

— Promis.

Elle a rapidement manqué à sa promesse.

— C'est une fille à histoires, a dit Gina.

— Ouais, et elle a dix-huit ans, a ajouté Susie.

— Et alors ?

— T'es un gamin. C'est une femme.

— Ça sent les emmerdes, a conclu Gina.

J'ai laissé un mot à Ileana. Il disait : « Salut » et mon nom. Quel con. « Salut ». Non, mais quel nase !

Quinze

J'AI PASSÉ LA SOIRÉE À LA BIBLIOTHÈQUE municipale à lire des microfilms d'anciens numéros du journal *El Paso Times*. Je cherchais un article sur mon frère, mais, ne sachant pas si j'avais la bonne année, j'ai abandonné au bout d'une heure et demie. Il devait y avoir un meilleur moyen de faire ce type de recherche.

J'ai pensé écrire à Dante. Au lieu de cela, j'ai trouvé un livre sur Edward Hopper. Dante avait raison. *Nighthawks* est un tableau extraordinaire. En le voyant, j'ai eu l'impression de me regarder dans un miroir. Mais je n'ai pas eu le cœur brisé.

Seize

VOUS SAVEZ À QUOI RESSEMBLE LA PEAU MORTE
quand on vous retire un plâtre ?

Eh bien, toute cette peau morte, c'était ma vie.

C'était étrange de me sentir à nouveau comme l'Ari d'avant. Sauf que ce n'était pas tout à fait vrai. L'Ari que j'avais été n'existait plus.

Et l'Ari que je devenais ? Il n'existait pas encore.

En allant me promener, je me suis retrouvé à l'endroit où Dante avait voulu sauver l'oiseau. Je ne sais pas pourquoi j'ai atterri là.

Puis je me suis retrouvé devant la maison de Dante.

De l'autre côté de la rue, en bordure du parc, un chien m'observait.

Je l'ai observé à mon tour.

J'ai traversé la rue et il n'a pas bougé. Il remuait la queue. Je me suis assis sur l'herbe à côté de lui et j'ai enlevé mes chaussures. Le chien s'est approché et a posé sa tête sur mes genoux.

Alors que je le caressais, j'ai remarqué qu'il n'avait pas de collier. Et que c'était une chienne.

— Comment tu t'appelles ?

J'ai repensé à la dernière lettre de Dante. J'avais dû chercher le mot « inepte » dans le dictionnaire. Je me suis levé et j'ai marché jusqu'à la bibliothèque située à la lisière du parc.

J'y ai trouvé un livre sur *Le Radeau de la Méduse*.

Je suis rentré à la maison : Ari, celui qui pouvait marcher sans béquilles. Je voulais dire à Dante qu'il avait mal compté. *On m'a retiré mes plâtres aujourd'hui, Dante. Aujourd'hui.*

Sur le chemin de la maison, j'ai pensé à l'accident, à Dante et à mon frère, et je me suis demandé s'il savait nager. J'ai aussi songé à mon père qui ne parlait jamais du Vietnam. Même s'il avait accroché une photo de ses camarades de l'armée sur un mur du salon, il n'avait jamais prononcé leurs noms. Une fois, je les lui avais demandés et il avait fait comme s'il ne m'avait pas entendu. Je ne lui avais jamais redemandé. Peut-être que le problème était que mon père et moi nous ressemblions trop.

Une fois arrivé chez moi, j'ai constaté que la chienne m'avait suivi. Je me suis assis sur les marches de la terrasse et elle s'est allongée sur le trottoir en me regardant.

Mon père est sorti.

— Tu as retrouvé tes jambes ?

— Oui.

Il a regardé la chienne.

— Elle m'a suivi depuis le parc.

— Il te plaît ?

— C'est une femelle.

Nous sourions tous les deux.

— Et oui, elle me plaît.

— Tu te souviens de Charlie ?

— Oui. J'ai pleuré quand elle est morte.

— Moi aussi, Ari.

Nous avons échangé un regard.

— Elle a l'air sympa. Elle a un collier ?

— Non, elle n'a pas de collier.

— N'oublie pas que ta mère n'aime pas que les chiens entrent dans la maison.

Dix-sept

CHER DANTE,

Je suis vraiment désolé de ne pas avoir écrit plus tôt.

Je peux à nouveau marcher normalement, donc inutile de continuer à te sentir coupable, d'accord ? Le médecin a dit qu'il aurait pu y avoir beaucoup de complications, mais tout va bien. Imagine, Dante. Tout va bien. OK, j'ai dérogé à ma propre règle, donc assez parlé de ça.

J'ai un chien ! En fait, c'est une chienne. Je l'ai appelée Legs (« jambes ») parce que je l'ai trouvée le jour où j'ai fait ma première promenade. Elle m'a suivi du parc jusqu'à chez moi. Je l'ai lavée dans la cour avec l'aide de mon père. Elle est adorable. Je ne sais pas de quelle race elle est. Le vétérinaire dit qu'elle est sûrement un mélange de pitbull, de labrador et de Dieu sait quoi d'autre. Elle est blanche, de taille moyenne et a des cercles bruns autour des yeux. Elle est super belle. La seule réflexion de ma mère a été : « Je te préviens, la chienne ne rentre pas dans la maison. »

En fait, le soir, je la laisse venir dans ma chambre et elle dort à mes pieds. Ma mère n'aime pas ça mais elle laisse faire. J'ai eu droit à : « Au moins tu as une amie. »

Ma mère pense que je n'ai pas d'amis. C'est assez vrai, mais ça ne me dérange pas.

Je n'ai pas grand-chose de nouveau à raconter à part l'arrivée de la chienne. Ah, mais si ! Pour mon anniversaire, j'ai eu un pick-up Chevrolet de 1957 ! Il a des chromes partout, je l'adore !!!

Mon père m'a donné ma première leçon de conduite sur un chemin dans la vallée. Je m'en suis pas trop mal tiré. Il faut encore que je comprenne cette histoire d'embrayage. Mais bon, dans quelque temps je passerai les vitesses aussi facilement que je marche, sans y penser.

Après la première leçon, on s'est garés et mon père a fumé une cigarette. Ça lui arrive de fumer, mais jamais dans la maison. Parfois dans la cour, mais c'est assez rare. Je lui ai demandé s'il allait arrêter. Il m'a répondu : « Ça m'aide pour mes rêves. » Je sais qu'il rêve de la guerre. J'ai déjà essayé de l'imaginer dans la jungle, au Vietnam. Je ne lui pose jamais de questions sur ce sujet. J'imagine qu'il préfère tout garder pour lui. Du coup, je lui ai demandé si, de temps à autre, il rêvait de Bernardo, mon frère. « Parfois. » C'est tout ce qu'il a dit, puis il a conduit ma camionnette jusqu'à la maison sans dire un mot.

Je crois que je l'ai contrarié à parler de mon frère. Ce n'est pas intentionnel de ma part, mais je crois que je le contrarie souvent. Je contrarie d'autres personnes, d'ailleurs. Dont toi. Je suis désolé, je fais de mon mieux, tu sais. Donc si je n'écris pas autant que toi, ne m'en veux pas, s'il te plaît. C'est mon problème. Je veux que les autres me disent ce qu'ils ressentent, mais je ne suis pas sûr de vouloir en faire autant.

Je vais aller y réfléchir dans mon pick-up.

Ari

Dix-huit

VOICI LA LISTE DE CE QUE JE FAIS EN CE MOMENT :

- *j'étudie pour décrocher mon permis de conduire et pour entrer à l'université (ce qui fait plaisir à ma mère).*
- *je fais de la musculation au sous-sol.*
- *je cours avec Legs.*
- *je lis les lettres de Dante (parfois j'en reçois deux par semaine).*
- *je m'engueule avec Gina Navarro et Susie Byrd (à propos de tout et n'importe quoi).*
- *je cherche des moyens de tomber sur Ileana au lycée.*
- *je parcours les microfilms du El Paso Times à la bibliothèque pour trouver quelque chose sur mon frère.*
- *je tiens mon journal intime.*
- *je lave mon pick-up une fois par semaine.*
- *je fais des cauchemars (je n'arrête pas d'écraser Dante dans cette rue sous la pluie).*
- *je travaille vingt heures par semaine (pauses comprises) au restaurant charcoaler. Je fais griller des burgers quatre heures le jeudi, six heures le vendredi soir et huit heures le samedi. Papa ne veut pas que je fasse plus d'heures.*

Cette liste résume à peu près toute ma vie. Elle n'est peut-être pas passionnante mais je suis bien occupé. Ce qui ne signifie pas que je suis heureux, mais au moins je ne m'ennuie pas. Le pire, c'est l'ennui.

J'aime le fait de gagner de l'argent et aussi de ne pas passer trop de temps à m'apitoyer sur moi-même.

Je suis invité à des fêtes et je n'y vais pas.

Enfin, si, je suis allé à une – juste pour voir si Ileana y était. Je partais au moment où Gina et Susie arrivaient. Gina m'a accusé d'être un misanthrope. Elle a dit que j'étais le seul garçon de toute l'école à n'avoir jamais embrassé une fille.

— Et tu n'en embrasseras jamais si tu pars des fêtes quand elles commencent.

— Vraiment ? Je n'ai jamais embrassé une fille ? Et comment tu le sais ?

— C'est juste une intuition, a-t-elle répliqué.

— Tu essaies de me pousser à me confier. Et ça ne marchera pas.

— Qui as-tu embrassé ?

— Ça suffit, Gina.

— Ileana ? Ça m'étonnerait. Elle joue avec toi.

Je suis parti en lui faisant un doigt d'honneur. Mais c'était quoi, son problème ? Gina, sept sœurs, pas de frère, il était là, son problème. J'imagine qu'elle pensait pouvoir m'emprunter, que je deviendrais le frère qu'elle pourrait faire chier. Susie Byrd et elle passaient au Charcoaler le vendredi soir vers l'heure de la fermeture. Juste pour m'emmerder. Elles commandaient des burgers, des frites et des Coca, se garaient, klaxonnaient, attendaient que je ferme et là elles me prenaient la tête. Gina apprenait à fumer et se prenait pour Madonna.

Une fois, elles avaient des bières. J'en avais bu quelques-unes avec elles. C'était plutôt sympa.

Sauf que Gina n'avait pas arrêté de me demander qui j'avais embrassé.

J'avais eu une idée pour qu'elle arrête de me gonfler.

— Tu sais ce que je pense ? Je pense que tu veux que je te prenne dans mes bras et que je te roule le patin de la mort.

— C'est dégueulasse.

— Alors pourquoi tu me lâches pas ? Tu veux juste savoir quel goût j'ai.

— T'es trop con. J'aimerais mieux manger de la merde d'oiseau.

— Mais oui, bien sûr.

Susie Byrd avait dit que j'étais méchant. Cette pauvre Susie ; en sa présence, il fallait toujours être sympa sinon elle se mettait à pleurer. Insupportable.

Le point positif, c'est que Gina ne m'avait plus reparlé de cette histoire de baiser.

Il m'arrivait de tomber sur Ileana. À chaque fois qu'elle me souriait, je tombais un peu plus amoureux d'elle. Même si je ne connaissais rien à l'amour.

Ça se passait plutôt bien au lycée. M. Blocker continuait ses délires, mais c'était un bon prof. Il nous faisait beaucoup écrire et ça me plaisait. Le seul cours où j'avais des difficultés, c'était en arts plastiques. Dessiner des arbres, ça allait, mais des visages, pas du tout. Mais comme c'était un cours optionnel, j'ai reçu un A pour le travail, pas pour le talent. C'est l'histoire de ma vie.

Je ne m'en sortais pas trop mal. J'avais une chienne, un permis de conduire et deux passe-temps : chercher le nom de mon frère sur des microfilms et chercher un moyen d'embrasser Ileana.

Dix-neuf

LES SAMEDIS ET DIMANCHES MATIN, MON PÈRE
et moi nous levions tôt pour mes leçons de conduite. Je pensais... Enfin, je ne sais pas ce que je pensais. Je crois que je
m'étais dit que nous en profiterions pour parler. Mais non.
Nos seuls sujets de conversation étaient voiture et conduite,
c'est tout.

Il était bon professeur. Il m'expliquait patiemment les règles
de la conduite et ne s'énervait jamais (sauf la fois où j'avais
évoqué mon frère).

Il ne m'a jamais posé de questions sur ma vie. Contrairement
à ma mère, il me laissait avoir un jardin secret. Mon père et moi
étions comme les personnages du tableau d'Edward Hopper.
Enfin, presque. J'ai remarqué que ces matins-là, il semblait
plus détendu que le reste de la semaine, à la maison. Même s'il
parlait peu, il semblait moins distant. C'était agréable. Parfois,
il sifflait, comme s'il était heureux d'être avec moi. Peut-être
n'avait-il pas besoin de mots pour évoluer dans ce monde. Moi
si. Même si je prétendais le contraire.

J'avais compris quelque chose sur moi-même. Intérieurement, je n'étais pas comme mon père. J'étais plus comme
Dante et ça me faisait très peur.

Vingt

AVANT QUE MA MÈRE NE ME LAISSE CONDUIRE
seul, elle a exigé que je l'emmène faire un tour en voiture.

— Tu vas un peu vite.

— J'ai seize ans et je suis un garçon.

Elle s'est tu avant de rétorquer :

— Si un jour je te soupçonne d'avoir conduit en ayant bu
une goutte d'alcool, je vends ce pick-up.

— Ce n'est pas juste. Pourquoi devrais-je être puni simplement parce que tu es soupçonneuse ? Ce n'est pas ma faute.

Elle s'est contentée de me regarder.

— Ainsi sont les fascistes.

Nous nous sommes souri.

— Interdit de conduire quand tu as bu.

— Et de marcher en ayant bu ?

— Interdit aussi.

— Je m'en doutais.

— Tu voulais juste vérifier.

— Maman, je n'ai pas peur de toi, tu sais.

Elle a gloussé.

Ma vie était plus ou moins compliquée. Je recevais des lettres
de Dante auxquelles je ne répondais pas. Les seules fois où je
lui écrivais, mes lettres étaient courtes. Les siennes ne l'étaient
jamais. Il faisait toujours des expériences avec des filles, même
s'il aurait préféré embrasser des garçons. C'est exactement ce

qu'il disait. Je ne savais pas quoi en penser, mais Dante serait toujours Dante, et si je voulais rester son ami, il fallait que je m'y fasse. Puisqu'il vivait à Chicago et moi à El Paso, c'était plutôt facile. La vie de Dante était bien plus complexe que la mienne – du moins quand il s'agissait d'embrasser des garçons ou des filles. D'un autre côté, il ne se posait aucune question sur un frère emprisonné, et ses parents ne faisaient pas comme si ce frère n'existait pas.

Intérieurement, j'étais perdu. Mes cauchemars me le prouvaient. Une nuit, j'ai rêvé que je n'avais plus de jambes. Elles avaient disparu. Je n'arrivais pas à sortir de mon lit. Je me suis réveillé en hurlant.

Mon père est entré dans ma chambre et m'a chuchoté à l'oreille :

— C'est juste un cauchemar, Ari.

En un sens, j'étais habitué aux cauchemars. Mais pourquoi tout le monde oubliait ses rêves sauf moi ?

Vingt et un

CHER DANTE,

J'ai mon permis de conduire ! J'ai emmené mes parents faire un tour dans mon pick-up jusqu'à Mesilla, au Nouveau-Mexique. On a déjeuné et ensuite je les ai ramenés. Je crois qu'ils ont plutôt apprécié ma conduite. Mais j'ai mieux à te raconter : le soir, je suis allé dans le désert. Je me suis allongé à l'arrière de mon pick-up et j'ai regardé les étoiles en écoutant la radio. Il n'y avait aucune pollution lumineuse. Dante, c'était vraiment magnifique.

Ari

Vingt-deux

UN SOIR, MES PARENTS SONT ALLÉS À LA SOIRÉE dansante d'un mariage.

Ils voulaient me traîner là-bas avec eux, mais j'ai dit non, merci. Regarder mes parents danser sur de la musique Tex-Mex, bonjour l'enfer ! J'ai prétexté être épuisé par mon travail au restaurant. Je préférais me détendre à la maison.

— Si tu sors, laisse-nous un mot, a dit mon père.

Je n'avais rien de prévu.

Allongé dans le canapé, je me disais que je mangerais bien une *quesadilla* quand Charlie Escobedo a frappé à la porte et m'a demandé :

— Qu'est-ce que tu fais ?

— Pas grand-chose. Je vais me faire un truc à manger, j'ai dit.

— Cool.

Je n'allais pas lui demander s'il en voulait, même s'il avait l'air d'avoir les crocs. Il était du genre fluet, mais il avait toujours faim. Toujours. Je n'en ai pas cru mes oreilles quand je lui ai demandé :

— T'as faim ?

— Nan. (Silence.) Tu te piques ?

— Non.

— Ça te dit ?

— Non.

— Tu devrais essayer. C'est sensationnel. On devrait acheter de la dope, rouler jusque dans le désert dans ton pick-up et se défoncer.

— Tu sais, moi c'est plutôt le chocolat.

— Putain, mais de quoi tu parles ?

— Ben, ma drogue à moi, c'est le chocolat.

Alors, il s'est énervé et m'a traité de *pinchi joto* (« tapette ») entre autres, et m'a demandé pour qui je me prenais. Il m'a dit que je me croyais trop bien pour me camer ou même fumer une clope. Que personne ne m'aimait parce que je me prenais pour M. Yankee.

Je détestais ce mot. J'étais aussi mexicain que lui. Et plus grand aussi. Je n'avais pas exactement peur de ce fils de pute. J'ai dit :

— Pourquoi tu te trouves pas quelqu'un d'autre avec qui te camer, mec ?

Quel pauvre type ; même s'il se sentait seul, ça ne lui donnait pas le droit de jouer au connard.

— Tu sais que t'es gay, mec ?

Mais de quoi il parlait ? J'étais homo parce que je refusais de prendre de l'héroïne ?

— Ouais, je suis gay et j'ai envie de t'embrasser.

Il a pris un air dégoûté.

— Je devrais te péter la gueule.

— Ben vas-y.

Puis il a tourné les talons et il est parti. Avant qu'il ne tombe dans la drogue, je l'aimais bien. Pour être honnête, j'étais un peu intrigué par l'héroïne, mais bon, je n'étais pas prêt.

Un mec doit être prêt pour les événements importants. C'est comme ça que je voyais les choses.

J'ai pensé à Dante qui avait bu quelques bières et à celles que j'avais bues avec Gina et Susie. Je me suis demandé ce que ça faisait d'être vraiment ivre. Est-ce qu'on se sent bien ? J'ai à nouveau pensé à mon frère. Peut-être était-ce la drogue qui l'avait mené en taule.

Je crois que je l'aimais beaucoup quand j'étais enfant. *Je l'aimais énormément.* C'était peut-être ce qui expliquait que toute ma vie je m'étais senti triste et vide : il me manquait.

J'ignore pourquoi j'ai fait ce que j'ai fait. J'ai trouvé un vieux poivrot qui mendiait. Je lui ai demandé de m'acheter un pack de bière. En échange, je lui en offrais aussi un. Il a accepté. Je me suis garé au coin de la rue. En sortant du magasin, il a souri et m'a demandé :

— T'as quel âge ?

— Seize ans. Et vous ?

— Quarante-cinq.

Il faisait bien plus. Il était couvert de crasse. J'ai culpabilisé. Je m'étais servi de lui. Après tout, lui aussi. Nous étions quittes.

Dans un premier temps, j'ai roulé vers le désert pour y boire mes bières. Puis je me suis dit que ce n'était pas une bonne idée. La voix de ma mère résonnait dans ma tête. Je savais que mes parents rentreraient tard. J'avais toute la nuit pour boire mes bières à la maison.

Je me suis garé dans l'allée de la maison et je suis resté dans mon pick-up, à boire mes bières. Legs s'est assise à côté de moi. Elle a essayé de lécher ma bière et j'ai dû lui expliquer que ce n'était pas bon pour les chiennes. Probablement pas pour les ados non plus. Mais bon, je faisais mon expérience. Je découvrais les secrets de l'univers. Même si les réponses ne se cachaient pas au fond d'une Kronenbourg.

Je me suis dit que si je buvais d'un trait les deux ou trois premières bières, je serais complètement bourré. Et c'est exactement ce qu'il s'est passé. La sensation était assez agréable.

J'ai pas mal réfléchi.

À mon frère.

À Dante.

Aux cauchemars de mon père.

À Ileana.

Après trois bières, je ne ressentais plus aucune douleur. Un peu comme avec la morphine. Mais différent. Et puis, j'ai décapsulé une autre bière. Legs a posé sa tête sur mes genoux.

— Je t'aime, Legs.

C'était la vérité. J'adorais cette chienne. Et la vie ne me paraissait pas si horrible, assis dans ma camionnette avec ma chienne et ma bière.

Certains auraient tué pour vivre ma vie. Alors pourquoi n'étais-je pas reconnaissant ? Parce que j'étais un ingrat ! Voilà pourquoi. C'est ce que Gina Navarro disait de moi. Elle n'avait pas tort.

J'ai baissé ma vitre et senti l'air frais. Le temps changeait, l'hiver arrivait. L'été ne m'avait pas apporté ce que je souhaitais. L'hiver ne serait pas mieux. À quoi servaient les saisons ? Le cycle de la vie. Hiver, printemps, été, automne.

Que veux-tu, Ari ? Voilà ce que je me répétais. *Que veux-tu, Ari ?*

J'ai fait les questions et les réponses.

— Une vraie vie.

— Qu'est-ce qu'une vraie vie, Ari ?

— Comme si j'avais la réponse.

— Au fond de toi, tu la connais.

— Non.

— Laisse tomber, Ari.

Une pensée m'a envahi : j'avais envie d'embrasser quelqu'un. N'importe qui. Ileana.

Une fois toutes mes bières bues, je me suis écroulé sur mon lit.

Cette nuit-là, je n'ai pas rêvé.

Vingt-trois

PENDANT LES VACANCES DE NOËL, ALORS QUE j'emballais les cadeaux de mes neveux, j'ai eu besoin d'une paire de ciseaux. Je savais que ma mère avait un tiroir fourre-tout dans la chambre inoccupée. Effectivement, les ciseaux étaient là, posés sur une grande enveloppe kraft avec le nom de mon frère écrit dessus. BERNARDO.

Je savais que cette enveloppe contenait des informations sur mon frère et des photos de lui. Toute sa vie dans une enveloppe.

J'ai eu envie de la déchirer, mais je n'ai rien fait. J'ai laissé les ciseaux là et j'ai fait comme si je n'avais rien vu.

— Maman. Où sont les ciseaux ?

Elle me les a apportés.

Ce soir-là, j'ai écrit son nom, encore et encore :

Bernardo

Bernardo

Bernardo

Bernardo

Bernardo

Bernardo

Vingt-quatre

CHER ARI,

Je t'imagine, allongé à l'arrière de ton pick-up, admirant les étoiles. Je t'envoie une photo de moi à côté de notre arbre de Noël et un cadeau. J'espère qu'il te plaira.
Joyeux Noël, Ari.

Dante

J'ai ouvert le cadeau. J'ai souri.
Puis j'ai pouffé de rire.
Une paire de baskets miniatures. Je savais exactement ce que je devais en faire : les accrocher à mon rétroviseur intérieur.

Vingt-cinq

LE LENDEMAIN DE NOËL, J'AI TRAVAILLÉ HUIT heures au Charcoaler.

Puisque c'étaient les vacances, mon père m'autorisait à faire plus d'heures. Le boulot ne me dérangeait pas, mais je travaillais avec un con. Je le laissais parler et, la plupart du temps, il ne se rendait pas compte que je ne l'écoutais pas. Il voulait sortir après le travail.

— J'ai un truc de prévu, ai-je dit.

— Un rencard ?

— Ouais.

— T'as une petite amie ?

— Ouais.

— Comment elle s'appelle ?

— Cher.

— Va te faire foutre, Ari.

Tout le monde ne comprend pas les blagues.

Quand je suis rentré, ma mère préparait le dîner.

— Dante a appelé.

— Ah bon ?

— Oui. Il te rappellera. Je lui ai dit que tu étais au travail.

J'ai hoché la tête.

— Il ne savait pas que tu avais un travail. Selon lui, tu ne le lui as jamais dit dans tes lettres.

— Qu'est-ce que ça peut faire ?

Elle a secoué la tête.

— Rien, j'imagine.

Je savais qu'elle se posait des questions, mais elle les a gardées pour elle. Le téléphone a sonné.

— C'est probablement Dante.

C'était Dante.

— Salut.

— Salut.

— Joyeux Noël.

— Il a neigé à Chicago ?

— Non. Il fait juste très froid et gris.

— Ça a l'air sympa.

— J'aime bien, mais j'en ai marre du gris. Il paraît que ce sera pire en janvier et en février.

— Ça craint.

— Ouais, ça craint.

Un moment de silence.

— Alors tu travailles ?

— Ouais, je fais griller des burgers au Charcoaler. J'essaie de mettre de l'argent de côté.

— Tu ne m'avais pas dit.

— Ça n'a aucun intérêt. C'est un job merdique.

— Tu ne risques pas de faire des économies si tu achètes des livres d'art à tes amis.

J'ai deviné qu'il souriait.

— Alors tu as reçu le livre ?

— Je l'ai là. *Le Radeau de la Méduse* de Lorenz E. A. Eitner. Il est magnifique, Ari.

J'ai chuchoté intérieurement : *Ne pleure pas, ne pleure pas.* C'était comme s'il m'avait entendu. Il n'a pas pleuré. Puis il a dit :

— Combien de burgers as-tu dû griller pour l'acheter ?

— C'est une question typiquement dantésienne.

— Et c'est une réponse très arisienne.

Nous avons pouffé de rire. Il me manquait tellement.

En raccrochant le téléphone, je me suis senti à la fois triste et heureux.

Je suis sorti faire un jogging avec Legs.

À mi-parcours, il s'est mis à pleuvoir. Le film de l'accident s'est rejoué dans ma tête. Pendant quelques secondes, j'ai eu mal aux jambes.

Vingt-six

LE SOIR DU NOUVEL AN, ON M'A APPELÉ POUR travailler au Charcoaler. Parfait. Je n'avais pas de fête et nulle envie de passer ma soirée à ruminer.

— Tu vas travailler ?

Ma mère n'était pas contente.

— Mais tout le monde vient.

Super, une soirée en famille. Les oncles, les cousins. Les petits plats de ma mère. Je n'étais pas fan des réunions familiales. Trop d'inconnus proches. Je souriais beaucoup et je ne savais jamais quoi dire.

J'ai fait un sourire à ma mère.

— 1987. Content que cette année soit terminée.

Elle m'a fusillé du regard.

— Ça a été une bonne année, Ari.

— Il y a juste eu un petit accident sous la pluie.

Elle a souri.

— Pourquoi t'est-il si difficile de voir l'aspect positif des choses ?

— Parce que je suis comme mon père.

J'ai levé ma tasse de café vers elle.

— Je porte un toast à 1988 et à papa.

Elle s'est rapprochée et m'a passé la main dans les cheveux. Elle n'avait pas fait ce geste depuis longtemps.

— Tu as de plus en plus l'air d'un homme.

J'ai à nouveau levé ma tasse.

— À la virilité.

Au restaurant, la soirée a été très calme. La pluie avait incité les gens à rester chez eux. Nous étions quatre à travailler et, chacun notre tour, nous avons chanté notre chanson préférée de 1987. La mienne était la version de *La Bamba* par Los Lobos. Comme je chantais faux, je savais que tout le monde me dirait : « Ne chante pas, ne chante pas. » C'est exactement ce qu'ils ont fait. J'étais débarrassé de cette corvée. Alma a chanté *Faith* de George Michael. Lucy a imité Madonna. À la fin du service, nous avons entonné des chansons de U2. *I Still Haven't Found What I'm looking For.* Ça c'était une bonne chanson. Tout le monde l'aimait.

À dix heures moins cinq, j'ai entendu une voix provenant du drive-in commander un hamburger et des frites. Gina Navarro. Je l'aurais reconnue entre toutes. Je n'arrivais pas à décider si je l'aimais bien ou si je m'étais habitué à elle. J'ai apporté la commande jusqu'à sa Coccinelle Volkswagen pourrie dans laquelle Susie Byrd et elle étaient assises.

— Vous sortez ensemble ou quoi ?

— Trop drôle, trouduc.

— Bonne année à toi aussi.

— T'as bientôt terminé ?

— On doit encore nettoyer avant de fermer.

Susie Byrd a souri. Je dois admettre qu'elle avait un joli sourire.

— On est venues t'inviter à une fête.

— Une fête ? Non, merci.

— Il y aura de la bière, a dit Gina.

— Et des filles que tu pourrais avoir envie d'embrasser, a ajouté Susie.

Une entremetteuse personnelle. Exactement ce que je voulais pour la nouvelle année.

— Peut-être que je viendrai.

— Il n'y a pas de peut-être, a dit Gina. Lâche-toi un peu.

J'ignore pourquoi j'ai dit oui.

— Donne-moi l'adresse et je vous y retrouverai. Je dois passer chez mes parents pour les prévenir.

J'espérais que mes parents me diraient : « Sûrement pas. » Mais ce n'est pas ce qui s'est passé.

— Tu vas vraiment à une fête ? a demandé ma mère.

— Tu es surprise qu'on m'ait invité, maman ?

— Non, je suis surprise que tu veuilles y aller.

— C'est le Nouvel An.

— Il y aura de l'alcool ?

— Je ne sais pas, maman.

— Interdiction d'y aller avec ton pick-up.

— Bon, ben je n'y vais pas, alors.

— Où a lieu cette fête ?

— À l'angle de Silver et Elm.

— C'est juste à côté. Tu peux y aller à pied.

— Mais il pleut.

— La pluie a cessé.

Ma mère me foutait littéralement dehors.

— Vas-y. Amuse-toi bien.

Merde. M'amuser.

Devinez quoi ? Eh bien, je me suis amusé.

J'ai embrassé une fille. Non, elle m'a embrassé. Ileana. Elle était à la fête. Ileana. Elle s'est avancée vers moi et a dit :

— C'est le Nouvel An, alors bonne année.

Elle s'est rapprochée et elle m'a embrassé.

Nous nous sommes embrassés. Longtemps. Puis elle a susurré à mon oreille :

— Personne n'embrasse aussi bien que toi.

— Ce n'est pas vrai.

— Ne discute pas, je m'y connais.

— OK.

Nous nous sommes encore embrassés.

Puis elle a dit :

— Je dois y aller.

Et elle est partie.

J'ai eu à peine le temps de comprendre ce qu'il venait de se passer que Gina était là.

— J'ai tout vu.

— Putain, quoi ?

— C'était comment ?

Je l'ai regardée droit dans les yeux.

— Bonne année.

Puis je l'ai serrée dans mes bras.

C'était étrange de s'amuser.

Vingt-sept

UN JOUR, ALORS QUE J'ÉTAIS SEUL DANS LA maison, j'ai ouvert le tiroir contenant l'enveloppe marquée « Bernardo ». Je voulais l'ouvrir, connaître les secrets qu'elle recelait.

Peut-être que cela me rendrait libre. Mais je l'étais déjà. Je n'étais pas en prison.

J'ai replacé l'enveloppe.

Je préférais que ma mère me la donne en disant : « Voilà l'histoire de ton frère. »

J'en demandais peut-être trop.

Vingt-huit

J'AI REÇU UNE PETITE LETTRE DE DANTE.

Ari,

Est-ce que tu te masturbes ? Tu dois trouver cette question bizarre, mais je suis sérieux. Je veux dire, tu es plutôt normal. En tout cas, plus que moi.

Donc, peut-être que tu te masturbes, peut-être pas. Peut-être que je suis un peu obsédé par ce sujet en ce moment. Mais Ari, si tu te masturbes, quand tu le fais, à quoi penses-tu ?

Je sais que je devrais plutôt parler de ça avec mon père, mais je n'en ai pas envie.

Les garçons de seize ans se masturbent, n'est-ce pas ? À ton avis, combien de fois par semaine ? Quelle est la fréquence normale ?

Ton ami,
Dante

J'étais très en colère. Pas qu'il ait écrit cette lettre, mais qu'il l'ait envoyée. J'étais hyper gêné. *Je ne souhaite pas parler de masturbation avec Dante.*

Qu'est-ce qui ne tournait pas rond chez lui ?

Vingt-neuf

JANVIER, FÉVRIER, MARS, AVRIL. LES MOIS SE SONT succédé.

J'étudiais. Je faisais du sport. Je courais avec Legs. Je travaillais au Charcoaler. Je jouais à cache-cache avec Ileana. Enfin, elle jouait avec moi. Je ne comprenais pas cette fille.

Un jour, je lui ai franchement proposé de sortir ensemble.

— Allons au cinéma. On pourrait se prendre par la main.

— Je ne peux pas, a-t-elle répondu.

— Tu ne peux pas.

— Je ne pourrai jamais.

— Alors pourquoi tu m'as embrassé ?

— Parce que tu es beau.

— C'est tout ?

— Et parce que tu es gentil.

— Alors, quel est le problème ?

Je commençais à comprendre qu'Ileana jouait à un jeu qui ne me plaisait pas.

Parfois, le vendredi soir, elle venait au Charcoaler à l'heure de la fermeture. On s'asseyait dans mon pick-up et on parlait de choses et d'autres. Mais de rien d'important. Elle était encore plus secrète que moi.

Le bal de fin d'année approchait et je me suis dit que je pourrais lui proposer de m'accompagner. Oui, elle m'avait envoyé balader, mais après tout, elle venait souvent me voir au restaurant. Deux semaines avant le bal, elle est passée au Charcoaler au moment où je fermais. Dans ma camionnette, je lui ai demandé en essayant d'avoir l'air sûr de moi :

— Veux-tu aller au bal avec moi ?

— Je ne peux pas.

— OK.

— OK ?

— Ben oui, j'ai compris.

— Tu ne veux pas savoir pourquoi, Ari ?

— Si tu voulais me le dire, tu me le dirais.

— OK. Je vais te dire pourquoi. J'ai un petit ami.

— Oh, ai-je fait, comme si de rien n'était. Et donc moi je suis quoi ?

— Un garçon que j'aime bien.

— OK.

Dans ma tête, j'entendais la voix de Gina. *Elle joue avec toi.*

— Il est dans un gang.

— Ton copain ?

— Oui. S'il savait que je suis là, il t'arriverait des bricoles.

— Je n'ai pas peur.

— Tu devrais.

— Pourquoi tu ne casses pas avec lui ?

— Ce n'est pas si simple.

— Pourquoi ?

— Tu es vraiment gentil, Ari, tu sais ?

— Je n'ai pas envie qu'on me trouve gentil.

— Eh bien, tu *l'es*. C'est ce que j'aime chez toi.

— Mais tu préfères le mec du gang !

— Ne te mets pas en colère.

— Ne me dis pas de ne pas me mettre en colère.

— Ari, s'il te plaît, ne te fâche pas.

— Pourquoi m'as-tu embrassé ? Pourquoi, Ileana ?

— Je n'aurais pas dû. Je suis désolée.

Elle m'a regardé droit dans les yeux et, avant que je n'aie le temps de dire quoi que ce soit, elle est descendue de mon pick-up.

Le lundi, je l'ai cherchée partout au lycée. Gina et Susie se sont renseignées. Gina est revenue avec une information.

— Ileana a arrêté le lycée.

— Pourquoi ?

— Elle a arrêté, c'est tout, Ari.

— Elle a le droit de faire ça ?

— Elle a dix-huit ans, elle peut faire ce qu'elle veut.

— Elle ne sait pas ce qu'elle veut.

J'ai trouvé son adresse dans l'annuaire. Je me suis rendu chez elle et j'ai frappé à la porte. Son frère a ouvert.

— Ouais ?

— Je cherche Ileana.

— Pourquoi ?

— Nous sommes amis. Du lycée.

— Amis ? (Il a hoché la tête.) Écoute, mec, elle s'est mariée.

— Quoi ?

— Elle est en cloque. Elle a épousé le père.

J'en suis resté bouche bée.

Ce soir-là, je me suis assis dans mon camion avec Legs et je me suis promis de ne plus jamais prendre les baisers trop au sérieux.

Embrasser ne voulait rien dire.

Trente

CHER ARI,

Sept pour une. Voilà le ratio entre mes lettres et les tiennes. À mon retour, cet été, je te noie dans la piscine. Enfin, presque. Après je te ferai du bouche-à-bouche et je te ramènerai à la vie. Ça te dit ? Moi, ça me dit. Je te fais flipper, là ?

À propos, la fille avec qui je m'exerce à embrasser m'a beaucoup appris. Mais elle a fini par me dire : « Dante, je crois que quand tu m'embrasses, tu penses à quelqu'un d'autre. »
« Oui. C'est vrai. »
« À une autre fille ou à un garçon ? »
J'ai trouvé cette question intéressante et osée.
« À un garçon », j'ai dit.
« Je le connais ? »
« Non, j'ai dit. Dans ma tête, j'invente un garçon. »
« N'importe lequel ? »
« Oui. Un beau garçon. »
« Aussi beau que toi ? » elle a demandé.

J'ai haussé les épaules. C'était gentil de sa part de me trouver beau. Maintenant, nous sommes amis, ce qui est agréable puisque je n'ai plus l'impression de la faire marcher. De toute façon, elle m'a avoué qu'en fait elle m'embrassait dans les fêtes parce qu'elle essayait de rendre un mec jaloux, mais que ça n'avait pas marché. Elle a ajouté : « Peut-être qu'il préférerait t'embrasser toi. » Ha, ha, ha. Je ne sais pas de qui elle parlait, mais honnêtement, Ari, même si je me suis bien amusé avec ces gosses de riches de Chicago qui peuvent se payer de la bière, de l'alcool et de l'herbe, ils ne sont vraiment pas intéressants. Enfin, ils ne m'intéressent pas.

Je veux rentrer à la maison. Je l'ai dit à mes parents. Évidemment, mon père, qui fait parfois son monsieur-je-sais-tout, m'a regardé droit dans les yeux et a dit : « Je croyais que tu détestais El Paso ? Ce n'est pas ce que tu m'as dit quand je t'ai appris qu'on déménageait là-bas ? »

Je savais qu'il voulait que j'admette que j'avais eu tort. Alors je l'ai regardé droit dans les yeux et j'ai dit : « J'avais tort, papa. Tu es content ? »

Il a souri, m'a embrassé sur la joue et m'a dit : « Oui, je suis content, Dante. »

J'adore mon père. Ma mère aussi. Je n'arrête pas de me demander ce qu'ils diront le jour où je leur annoncerai que je veux épouser un garçon. Je suis leur seul enfant. Et s'ils voulaient des petits-enfants ? Je déteste l'idée de les décevoir et je sais, Ari, que je t'ai déjà déçu.

Je crois que je vais tout dire à mon père. J'ai préparé un petit discours. Il commence comme ça : « Papa, j'ai quelque chose à te dire. J'aime les garçons. Ne me hais pas. S'il te plaît, ne me hais pas. Je veux dire, papa, toi aussi tu es un garçon. » Bon, ce n'est pas encore très abouti. C'est trop pleurnichard. Ce n'est pas parce que je suis homo que je dois supplier qu'on m'aime. J'ai un peu plus de fierté que ça.

Plus que trois semaines et je serai de retour à la maison. Un nouvel été, Ari. Tu penses que nous sommes trop vieux pour jouer dans la rue ? Probablement. Peut-être pas. Écoute, je ne veux pas que tu te sentes obligé d'être encore mon ami. Je ne suis pas exactement le meilleur ami dont on rêve, n'est-ce pas ?

Ton ami,
Dante

P.-S. Ce serait trop bizarre de ne pas être ami avec le mec qui m'a sauvé la vie, tu ne trouves pas ?

Trente et un

LE DERNIER JOUR DE LYCÉE, GINA M'A FAIT UN
compliment.

— Tu sais qu'à force de faire du sport, t'es devenu beau
gosse.

Je lui ai souri.

— Tu ne m'as jamais rien dit d'aussi gentil.

— Alors ? Tu vas fêter le début de l'été ?

— Ce soir, je travaille.

Elle a souri.

— Toujours aussi sérieux.

— Vous allez à une fête, Susie et toi ?

— Ouais.

— T'en as pas marre de toutes ces fêtes ?

— Ne sois pas idiot, j'ai dix-sept ans. Tu sais ce que tu
es ? Un vieillard coincé dans le corps d'un mec de dix-sept
ans.

— J'aurai dix-sept ans en août.

— Encore pire.

Nous avons ri.

— Tu veux bien me rendre un service ? ai-je demandé.

— Quoi ?

— Si ce soir je vais dans le désert pour me bourrer la gueule,
vous voudrez bien me ramener, Susie et toi ?

Je ne m'attendais pas à dire ça, c'est sorti tout seul.

Elle a encore souri. Elle avait un beau sourire. Un très beau sourire.

— Bien sûr.

— Et ta fête ?

— Ari, te voir te lâcher, ça c'est une fête ! On t'offrira même la bière. Pour fêter la fin de l'année.

Quand je suis rentré du travail, Gina et Susie m'attendaient devant chez moi. Elles parlaient avec mes parents. Évidemment. Je me suis maudit de leur avoir dit de me retrouver ici. Mais à quoi je pensais ? Je n'avais même pas d'explication adéquate. *Ouais, maman. On va se bourrer la gueule dans le désert.*

Mais Gina et Susie étaient cool. Aucune trace de la bière qu'elles devaient apporter. Devant mes parents, elles jouaient aux gentilles filles. D'ailleurs, c'est exactement ce qu'elles étaient : de gentilles filles qui faisaient comme si elles étaient délurées, mais ne le seraient jamais parce qu'elles étaient des filles bien.

À mon arrivée, ma mère était folle de joie. J'ai lu dans son regard : *Enfin des amies ! Tu vas à une fête !* Ma mère connaissait les parents de Gina, ceux de Susie, les parents de tout le monde. Évidemment.

Je me souviens de m'être rafraîchi puis changé dans ma chambre. Je me souviens de m'être regardé dans le miroir. Je me souviens d'avoir chuchoté : « Tu es beau. » Je ne le pensais pas, mais j'aurais aimé.

Donc, les premières personnes à monter dans mon pick-up (à l'exception de Legs et mes parents) ont été Gina Navarro et Susie Byrd.

— Vous venez de dépuceler ma camionnette, les filles.

Elles ont levé les yeux au ciel avant de pouffer de rire.

Nous nous sommes arrêtés chez le cousin de Gina pour prendre une glacière remplie de bières et de Coca. Après, j'ai laissé Gina conduire jusqu'au désert pour être certain qu'elle sache passer les vitesses. Elle conduisait mieux que moi. Je me suis gardé de le lui dire. C'était une nuit parfaite, une brise rafraîchissait le désert, la chaleur de l'été arrivait.

Susie, Gina et moi nous sommes allongés à l'arrière du pick-up. J'ai bu de la bière en contemplant les étoiles. Je me suis entendu chuchoter :

— Vous croyez qu'un jour on découvrira tous les secrets de l'univers ?

J'ai été surpris d'entendre Susie répondre :

— Ce serait merveilleux, n'est-ce pas, Ari ?

— Oui. Vraiment merveilleux.

— Ari, tu crois que l'amour a un lien avec les secrets de l'univers ?

— Je ne sais pas. Peut-être.

Susie a souri.

— Tu étais amoureux d'Ileana ?

— Non. Peut-être un peu.

— Elle t'a brisé le cœur ?

— Non, je ne la connaissais même pas.

— Tu es déjà tombé amoureux ?

— Est-ce que ma chienne compte ?

Nous avons hurlé de rire.

Susie sirotait un Coca. Je buvais bière sur bière.

— Tu es déjà ivre ?

— Un peu.

— Pourquoi veux-tu te saouler ?

— Pour ressentir quelque chose.

— T'es un mec bien, Ari, mais t'es aussi un vrai idiot.

Je n'étais pas vraiment ivre. J'étais juste détendu. J'écoutais Susie et Gina discuter en me disant qu'elles avaient de la chance de savoir comment parler, rire, évoluer dans ce monde. Mais c'était peut-être plus facile pour les filles.

— C'est super que vous ayez pensé à prendre une couverture. Bien vu.

Gina a ri.

— Les filles pensent toujours à tout.

Je me demandais comment c'était d'aimer une fille, de voir le monde à travers ses yeux. Peut-être en savent-elles plus que les garçons. Peut-être comprennent-elles des choses que les garçons ne comprendront jamais.

— Dommage qu'on ne puisse pas rester allongés ici pour toujours.

— Dommage, a dit Susie.

— Dommage, a dit Gina.

Dommage.

Souviens-toi de la pluie

*Tourner patiemment les pages
à la recherche du sens.*
W.S. Merwin

Un

L'ÉTÉ ÉTAIT DE RETOUR.

J'adorais et je détestais cette saison. L'été, c'était la liberté : pas de lycée, l'aventure, un monde de possibles. L'été, tous les espoirs étaient permis. Voilà pourquoi je le détestais et je l'aimais. Parce qu'il me donnait envie d'y croire.

J'avais décidé que cet été ma vie changerait. Mais pour l'instant, on écrivait le livre de mon destin à ma place. Ce n'était pas très prometteur.

Pour le moment, je travaillais à plein temps au Charcoaler. Je n'avais jamais travaillé quarante heures par semaine. Mais mes horaires me convenaient : de onze heures à dix-neuf heures trente, du lundi au jeudi. Donc je pouvais sortir le soir et dormir tard le matin. Le vendredi, je commençais plus tard et je fermais à vingt-deux heures. Et j'avais mes week-ends. Ce n'était pas un mauvais emploi du temps.

Mais c'était l'été ! Et ma mère m'avait (d'autorité) inscrit comme volontaire à la banque alimentaire le samedi après-midi.

Ma vie était toujours l'idée de quelqu'un d'autre.

Le premier samedi des vacances, je me suis levé tôt. En short dans la cuisine, je buvais un verre de jus d'orange pendant que ma mère lisait le journal.

— Je dois aller travailler ce soir.

— Je croyais que tu ne travaillais pas le samedi.

— Je remplace Mike.

233

— Vous êtes amis ?

— Pas vraiment.

— C'est gentil de ta part de le remplacer.

— Je ne le fais pas gratuitement. Je suis payé. De toute façon, tu m'as élevé comme ça, pour que je sois gentil.

— Ça n'a pas l'air de t'enthousiasmer.

— Qu'y a-t-il d'enthousiasmant à être gentil ? Si tu veux tout savoir, je préférerais être un mauvais garçon.

— Un mauvais garçon ?

— Comme Che Guevara ou James Dean.

— Qui t'en empêche ?

— La femme en face de moi.

— Oui, c'est ça, tout est la faute de ta mère.

Elle a ri.

Quant à moi, je n'arrivais pas à décider si je plaisantais ou pas.

— Tu sais, Ari, si tu voulais vraiment être un mauvais garçon, tu le deviendrais. La dernière chose dont un mauvais garçon a besoin, c'est de la bénédiction de sa mère.

Avec elle, je me retrouvais toujours à avoir des conversations que je ne voulais pas avoir.

— Et si je démissionnais ?

— Vas-y.

Je connaissais ce ton. « Vas-y » signifiait : « Tu dis n'importe quoi. » Nous nous sommes défiés du regard pendant cinq secondes qui m'ont parut une éternité.

— À la place, je pourrais tondre des pelouses.

— Très imaginatif.

— Trop mexicain pour toi, maman ?

— Non, pas assez stable.

— Parce que griller des hamburgers, c'est un emploi stable ? Pas très imaginatif mais stable. C'est le job idéal pour moi : je suis fiable et je n'ai aucune imagination.

Elle a secoué la tête.

— Tu comptes passer ta vie à te rabaisser ?

— Tu as raison. Je pense faire une pause cet été.

— Tu es au lycée, Ari. Tu ne cherches pas une profession, tu cherches un moyen de gagner un peu d'argent. Tu es en phase de transition.

— En phase de transition ? Quel genre de mère mexicaine es-tu ?

— Je suis une femme éduquée. Je n'en suis pas moins mexicaine, Ari.

Elle avait l'air un peu irrité. J'adorais sa colère et j'aurais aimé en avoir hérité un peu plus. Contrairement à la mienne ou à celle de mon père, elle ne la paralysait pas.

— OK, j'ai compris, maman.

— Vraiment ?

— Avec toi, j'ai toujours l'impression d'être un cas d'étude.

— Je suis désolée.

Mais elle ne l'était pas. Elle m'a regardé.

— Ari, sais-tu ce qu'est un écotone ?

— C'est la zone où se rencontrent deux écosystèmes. C'est comme une frontière naturelle.

— Quel garçon cultivé ! Ai-je besoin d'ajouter quoi que ce soit ?

— Non, maman. Je vis dans un écotone. Dans mon monde, le travail doit coexister avec la fête. La responsabilité avec l'irresponsabilité.

— Quelque chose dans ce goût-là.

— Tu joues vraiment à la prof.

— Écoute, Ari, ce n'est pas ma faute si tu as presque dix-sept ans.

— Et quand j'en aurai vingt-cinq, tu seras toujours prof.

— Ne sois pas méchant.

— Pardon.

Elle m'a dévisagé.

— Je suis désolé, maman. Sincèrement.

— Chaque été commence par une belle engueulade, n'est-ce pas ?

— C'est notre tradition. Bon, je vais courir.

Alors que je m'apprêtais à partir, elle m'a pris par le bras.

— Moi aussi je suis désolée, Ari.

— Pas de problème, maman.

Puis elle a fait ce que je savais qu'elle ferait : elle m'a recoiffé du bout des doigts.

— Tu n'es pas obligé de travailler. Ton père et moi serions ravis de te donner de l'argent.

Je savais qu'elle le pensait.

Mais ce n'était pas ce que je souhaitais, même si je ne savais pas ce que je voulais.

— Ce n'est pas une question d'argent, maman.

Elle a répondu :

— Je veux juste que tu passes un bel été, Ari.

Parfois, il y avait tant d'amour dans sa voix qu'elle en devenait insupportable.

— OK, maman. Peut-être que je tomberai amoureux.

— Pourquoi pas ?

Parfois, les parents aiment tellement leur fils qu'ils idéalisent sa vie. Ils pensent que la jeunesse nous aide à tout surmonter. Peut-être que les parents oublient une petite chose : être sur le point d'avoir dix-sept ans peut être difficile et perturbant. Avoir bientôt dix-sept ans, ça craint.

Deux

NOUS NE SOMMES PAS PASSÉS DEVANT LA
maison de Dante par hasard, Legs et moi. Je savais qu'il devait
rentrer, mais pas quand. Il m'avait envoyé une carte postale le
jour de son départ de Chicago : *Nous rentrons en voiture via
Washington, D.C. Mon père veut vérifier un truc à la Bibliothèque du Congrès. À bientôt. Bisous, Dante.*

En arrivant au parc, j'ai retiré sa laisse à Legs, même si ce
n'était pas autorisé. J'adorais la regarder courir dans tous les
sens. J'enviais aux chiens leur innocence, la pureté de leur
affection. Ils étaient incapables de cacher leurs sentiments. Ils
vivaient, c'est tout. Je l'ai appelée et je lui ai remis sa laisse avant
de reprendre mon jogging.

— Ari !

Je me suis arrêté et je me suis retourné. Dante Quintana
se tenait sur la terrasse de sa maison. Il me faisait signe et me
souriait de ce même sourire sincère qu'il avait arboré lorsqu'il
m'avait proposé de m'apprendre à nager. Je lui ai répondu d'un
geste de la main et je me suis dirigé vers lui. Nous sommes
restés là, l'un en face de l'autre, pendant une minute. C'était
étrange. Nous étions muets. Puis il a sauté de la terrasse et m'a
serré dans ses bras.

— Ari ! Incroyable ! Tu as les cheveux longs ! Tu ressembles
à Che Guevara, mais sans la moustache.

Legs a aboyé.

— Il faut que tu la caresses. Elle déteste qu'on l'ignore.

Dante s'est accroupi et l'a caressée. Legs lui a léché le visage. Impossible de dire qui était le plus affectueux des deux.

— Legs, je suis si heureux de te rencontrer.

Il avait l'air tellement content. Je me suis demandé d'où venait toute cette joie.

— Comment t'es-tu autant musclé, Ari ?

Lui et ses questions directes.

— Avec les poids que mon père avait rangés à la cave.

J'ai remarqué qu'il était devenu beaucoup plus grand que moi.

— Comment as-tu autant grandi ?

— Un mètre quatre-vingts. Exactement la même taille que mon père.

Il m'a dévisagé.

— Tu es plus petit, mais tes cheveux te donnent l'air plus grand.

Je ne sais pas pourquoi, ça m'a fait rire.

— Tu m'as tellement manqué, Ari.

Ne sachant pas quoi répondre, je n'ai rien dit.

— Allons-nous être amis ?

— Ne sois pas idiot, Dante. Nous sommes amis.

— Serons-nous toujours amis ?

— Toujours.

— Je ne te mentirai jamais.

— Moi, ça peut m'arriver.

Nous avons pouffé de rire et j'ai pensé : *Peut-être que cet été sera celui de la joie. Peut-être cet été.*

— Entre saluer mes parents. Ils seront contents de te voir.

— Ils pourraient plutôt sortir ? J'ai Legs avec moi.

— Oh, elle peut entrer.

— Je ne pense pas que ta mère soit d'accord.

— Crois-moi, si c'est ta chienne, elle peut entrer.

Puis il a chuchoté :

— Ma mère n'oubliera jamais l'accident sous la pluie.

— C'est de l'histoire ancienne.

— Ma mère a une mémoire d'éléphant.

C'est alors que M. Quintana a ouvert la porte de la maison et a crié à sa femme :

— Soledad, devine qui est là !

Ils se sont précipités sur moi, m'ont serré dans leurs bras, m'ont dit des choses gentilles. J'ai eu envie de pleurer – leur affection était sincère et, en un sens, je ne la méritais pas. Mais peut-être embrassaient-ils le type qui avait sauvé la vie de leur fils. Je voulais qu'ils m'apprécient pour moi-même. Cependant, je ne pourrais jamais n'être qu'Ari à leurs yeux. Mais j'avais appris à cacher mes sentiments. Non, c'est faux. Je n'avais rien appris, j'étais né avec ce talent.

Ils étaient si heureux de me voir. Pour être honnête, moi aussi.

J'ai dit à M. Quintana que je travaillais au Charcoaler. Il a adressé un sourire en coin à Dante.

— Travailler, Dante, ça c'est une idée.

— Je vais trouver un job, papa. Promis.

Mme Quintana avait changé. Comme si elle rayonnait. Je n'avais jamais vu une femme aussi belle. Elle paraissait plus jeune que la dernière fois que je l'avais vue. De toute façon, elle n'était pas vieille. Elle avait eu Dante à vingt ans, aujourd'hui elle en avait trente-huit. Elle semblait plus jeune dans la lumière du matin.

Alors que ses parents me parlaient de leur année à Chicago, la voix de Dante s'est détachée.

— Quand est-ce que je pourrai faire un tour dans ton pick-up ?

— Après mon travail ? Je finis à dix-neuf heures trente.

— Il faut que tu m'apprennes à conduire, Ari.

J'ai vu le regard de sa mère.

— C'est plutôt le rôle de ton père, non ? ai-je dit.

— Mon père est le pire conducteur de l'univers.

— Ce n'est pas vrai, a protesté M. Quintana. Juste le pire de tout El Paso.

Il était le seul homme de ma connaissance qui admettait être un piètre conducteur. Avant que je parte, sa mère m'a pris à part.

— Je sais que, tôt ou tard, Dante te convaincra de le laisser conduire. Promets-moi que vous ferez attention.

— Promis.

Quelque chose en elle me donnait confiance en moi. Ce n'était pas le cas avec les gens en général.

— J'ai comme l'impression que je vais devoir négocier avec deux mères, cet été.

— Tu fais partie de cette famille. Inutile de lutter.

— Je suis sûr qu'un jour je vous décevrai, madame Quintana.

— Non, a-t-elle répliqué.

Et si parfois sa voix pouvait être ferme, là elle était presque aussi douce que celle de ma mère.

— Tu es très dur avec toi-même, Ari.

J'ai haussé les épaules.

— Je suis comme ça.

Elle m'a souri.

— Dante n'est pas le seul à qui tu aies manqué.

C'était la plus belle chose qu'un adulte (qui n'était ni mon père ni ma mère) m'ait dite. Je savais que Mme Quintana voyait quelque chose en moi qu'elle aimait. Quoi que ce soit, ce devait être beau, mais je le voyais également comme un poids. L'amour m'avait toujours semblé être quelque chose de trop lourd pour moi.

Trois

JE SUIS PASSÉ PRENDRE DANTE À VINGT HEURES. Legs m'accompagnait.

Le soleil commençait à se coucher. J'ai klaxonné. Dante était à la porte de sa maison.

— C'est ton pick-up ! Incroyable ! Il est magnifique, Ari !

Je devais arborer un sourire stupide. Un mec qui adore sa camionnette a besoin que les autres admirent son bolide. Il en a *besoin*.

Il a hurlé à l'intérieur.

— Maman ! Papa ! Venez voir le pick-up d'Ari !

Il a dévalé les escaliers comme un enfant. Legs et moi sommes descendus du pick-up et avons regardé Dante en faire le tour pour l'admirer sous toutes les coutures.

— Pas une rayure.

— Parce que je ne le prends pas pour aller au lycée.

Dante a esquissé un sourire.

— Jantes chromées. Un vrai Mexicain, dis-moi.

Ça m'a fait rire.

— Toi aussi, pauvre pomme.

— Non, je ne serai jamais un vrai Mexicain.

Pourquoi cela lui importait-il tant ? Cela dit, c'était important pour moi aussi. Il était sur le point de dire quelque chose lorsqu'il a aperçu ses parents qui descendaient les marches de la maison.

— Quelle superbe camionnette, Ari !

M. Quintana a réagi avec le même enthousiasme débridé que Dante.

Mme Quintana s'est contentée de sourire. Dante avait déjà redirigé son attention vers Legs qui lui léchait le visage. Je ne sais pas ce qui m'a pris. J'ai tendu les clés à M. Quintana en disant :

— Vous pouvez emmener votre petite copine faire un tour, si vous voulez.

Il a eu un large sourire. Je voyais bien que Mme Quintana trépignait de joie. Je savais qu'elle cachait en elle quelque chose de bien plus profond, que c'était important que je la comprenne, mais j'ignorais pourquoi.

J'aurais voulu que le temps s'arrête. Tout semblait si simple : Dante et Legs en train de tomber amoureux, les parents de Dante replongés dans leur jeunesse à la vue de ma camionnette et moi, le fier propriétaire. C'était comme si mes yeux photographiaient le moment avec la conscience que je conserverais cette photo toute ma vie.

Dante et moi nous sommes assis sur les marches et avons regardé son père démarrer mon pick-up. Sa mère avait la tête posée sur l'épaule de son mari.

— Achète-lui un milk-shake ! a crié Dante. Les filles aiment qu'on leur achète des trucs !

Nous avons vu qu'ils riaient.

— Tes parents, parfois on dirait des enfants.

— Ils sont heureux. Et les tiens ?

— Mes parents ne sont pas comme les tiens. Ma mère adore mon père, c'est sûr. Et je crois que c'est réciproque. Mais il n'est pas très démonstratif.

— Démonstratif. Ce n'est pas un mot typiquement arisien.

— Ne te moque pas, j'ai enrichi mon vocabulaire.

Je lui ai donné un petit coup de coude.

— Je me prépare pour la fac.

— Combien de mots par jour ?

— Oh, quelques-uns.

Dante m'a donné un petit coup à son tour.

— Tu es comme ton père, n'est-ce pas ?

— Je crois, oui.

— Ma mère aussi, tu sais ? C'est grâce à mon père qu'elle exprime ses sentiments.

— Ils se complètent.

— Oui. Parfois, je me dis que ma mère aime mon père plus qu'il ne l'aime, elle. Tu vois ce que je veux dire ?

— Je crois.

— Tu te rends compte que tu es en train de parler ? Je veux dire, vraiment parler.

— Mais je parle, Dante.

— Parfois. Mais d'autres fois tu fais tout pour l'éviter.

— Je fais de mon mieux.

— Je sais. Tu vas nous imposer des règles, Ari ?

— Des règles ?

— Tu sais très bien de quoi je parle.

— Oui.

— Alors, quelles sont les règles ?

— Je n'embrasse pas de garçons.

— OK, donc la première règle est : interdiction d'embrasser Ari.

— C'est ça.

— J'en ai une pour toi.

— OK.

— Interdiction de fuir Dante.

— Je ne comprends pas.

— Bien sûr que si. Un jour, quelqu'un te dira : « Qu'est-ce que tu fous avec cette tapette ? » Si tu penses que tu ne pourras pas me soutenir, alors il vaut peut-être mieux que… Enfin, ça me tuerait si tu…

— C'est donc une question de loyauté.

— Oui.

J'ai ri.

— Ma règle est plus difficile à suivre.

Il a ri aussi.

Il a posé sa main sur mon épaule.

— Arrête tes conneries, Ari. Tout ce que tu as à faire, c'est rester loyal envers le mec le plus brillant que t'aies jamais rencontré. C'est aussi facile que marcher pieds nus dans le parc. Alors que moi, je dois me retenir d'embrasser le mec le plus génial de l'univers. C'est comme marcher sur des braises.

— Je vois que tu aimes toujours être pieds nus.

— Je détesterai les chaussures toute ma vie.

— On jouera à ton jeu. Celui avec lequel tu as détruit tes baskets.

— C'était cool, non ?

Il a dit cela comme si nous n'y rejouerions plus jamais. Désormais, nous étions trop vieux. Nous avions tous deux perdu quelque chose et nous le savions.

Assis sur les marches de la terrasse, nous sommes restés silencieux un bon moment. Legs a posé sa tête sur les genoux de Dante.

Quatre

CE SOIR-LÀ, DANTE, LEGS ET MOI SOMMES ALLÉS dans le désert juste après le crépuscule. Les étoiles commençaient à briller.

— La prochaine fois, j'apporterai mon télescope.

— Bonne idée, ai-je dit.

Allongés à l'arrière de mon pick-up, nous observions le ciel. J'ai appelé Legs, partie explorer les environs. À son retour, elle s'est fait une place entre Dante et moi.

— J'aime beaucoup Legs, a dit Dante.

— Elle t'aime aussi.

Il a pointé le ciel du doigt.

— Tu vois la Grande Ourse ?

— Non.

— Là.

J'ai scruté le ciel.

— Ah oui, je la vois.

— C'est incroyable.

— Oui.

Nous sommes restés allongés là, silencieux.

— Ari ?

— Oui.

— Devine.

— Quoi ?

— Ma mère est enceinte.

— Quoi ?

— Ma mère va avoir un bébé. Tu te rends compte ?

— Sans déconner.

— Il faisait froid à Chicago et mes parents ont trouvé un moyen de se réchauffer.

Ça m'a vraiment fait rire.

— Tu crois qu'au bout d'un moment les parents ne s'intéressent plus au sexe ?

— Je ne crois pas que ce soit quelque chose dont on se lasse. Mais bon, qu'est-ce que j'en sais ? Je n'ai aucune expérience.

— Moi non plus.

Nous sommes restés silencieux un moment.

— Ouah, Dante. Tu vas devenir grand frère.

— Ouais, un très grand frère.

Il s'est tourné vers moi.

— Ça te fait penser à… Comment s'appelle ton frère ?

— Bernardo.

— Ça te fait penser à lui ?

— Tout me fait penser à lui. Parfois, quand je roule, je me demande à quoi il ressemble. J'aimerais bien le connaître.

— Tu devrais en parler franchement à tes parents, les pousser à te dire la vérité.

— Hum. Ce n'est pas si facile.

— Tu sais, je devrais suivre mon propre conseil.

Il a marqué une pause.

— J'espère que ma mère aura un garçon. Et il aura intérêt à aimer les filles parce que, sinon, je le tue.

Nous avons pouffé de rire.

Une fois notre calme retrouvé, j'ai entendu la voix de Dante. Elle semblait se perdre dans le désert.

— Je dois leur dire, Ari.

— Pourquoi ?

— Parce qu'il le faut.

— Et si tu tombes amoureux d'une fille ?

— Ça n'arrivera pas.

— Ils t'aimeront toujours, Dante.

Il n'a rien répondu. Puis je l'ai entendu pleurer. Je ne pouvais rien faire d'autre qu'être là pour lui.

— Dante, tu te rends compte qu'ils t'aiment plus que tout ?

— Je vais les décevoir, tout comme je t'ai déçu.

— Tu ne m'as pas déçu, Dante.

— Tu dis ça parce que je pleure.

— Pas du tout.

Je me suis assis au bord du hayon ouvert. Il s'est assis à côté de moi.

— Ne pleure pas, Dante. Je ne suis pas déçu.

Sur le chemin du retour, nous nous sommes arrêtés dans un drive-in pour manger un hamburger et boire un soda.

— Alors, que vas-tu faire cet été ?

— Je vais m'entraîner avec l'équipe de natation de Cathedral, peindre et trouver un boulot.

— Vraiment ? Tu vas trouver un boulot ?

— On dirait mon père !

— Mais pourquoi veux-tu travailler ?

— Pour apprendre la vie.

— La vie. Travail. Merde. Écotone.

— Écotone ?

Cinq

UN SOIR, DANTE ET MOI ÉTIONS DANS SA chambre.

Il était allongé sur son lit et j'étais assis sur sa chaise. Il peignait à présent sur toile. Une grande peinture posée sur un chevalet était cachée sous un drap.

— Je peux voir ?

— Non.

— Quand tu l'auras terminée ?

— Oui.

— OK.

Soudain, il s'est assis.

— Je pensais à cette histoire de baiser.

— Oh, oh.

— Comment sais-tu que tu n'aimes pas embrasser les garçons si tu n'as jamais essayé ?

— Je crois que ça se sent, c'est tout, Dante.

— Tu as déjà embrassé un garçon ?

— Tu sais bien que non. Et toi ?

— Non.

— Alors peut-être que tu crois simplement que tu aimes embrasser les garçons.

— Je crois qu'on devrait faire une expérience.

— Je sais ce que tu vas proposer et la réponse est non.

— Tu es mon meilleur ami, n'est-ce pas ?

— Oui. Mais je commence à le regretter.

— Allez, on essaie.

— Non.

— Allez, je ne le dirai à personne.

— Non.

— C'est juste un baiser. Comme ça, on saura.

— On sait déjà.

— On n'en sait rien tant qu'on n'a pas essayé.

— Non.

— Ari, s'il te plaît.

— Dante.

— Lève-toi.

Je ne sais pas pourquoi, mais je me suis levé.

Il s'est placé en face de moi.

— Ferme les yeux.

J'ai fermé les yeux.

Puis il m'a embrassé. Et je l'ai embrassé.

Il s'est mis à vraiment m'embrasser. Je me suis reculé.

— Alors ?

— Ça m'a rien fait.

— Rien ?

— Non.

— Bon, ben moi si.

— J'ai cru comprendre, Dante.

— Bon, ben, ça c'est fait.

— Ouais.

— Tu es fâché contre moi ?

— Un peu.

Il s'est rassis sur son lit. Il avait l'air triste. Je n'aimais pas le voir comme ça.

— Je suis plus en colère contre moi, ai-je dit. Je te laisse toujours me persuader de faire des trucs. Ce n'est pas ta faute.

— Ouais.

— Ne pleure pas, OK ?
— OK.
— Tu pleures.
— Non.
— OK.
— OK.

Six

JE N'AI PAS APPELÉ DANTE PENDANT PLUSIEURS jours.

Il ne m'a pas appelé non plus.

Mais je savais qu'il n'allait pas bien. Il faisait la tête. Je ne me sentais pas bien non plus. Au bout de quelques jours, je lui ai téléphoné.

— Tu veux aller courir demain matin ?

— À quelle heure ?

— Six heures et demie.

— OK.

Pour quelqu'un qui n'en avait pas l'habitude, il courait vraiment bien. Nous avons un peu parlé. Et ri. Après, nous avons joué au frisbee avec Legs dans le parc. Tout allait bien. J'avais besoin que nous nous retrouvions. Et lui aussi.

— Merci d'avoir appelé. Je pensais que tu n'appellerais plus jamais.

Pendant un moment, la vie a semblé étrangement normale. Le matin, je courais et je faisais de la musculation. Après, j'allais au travail.

Parfois, Dante m'appelait. Nous parlions de tout et de rien. Il travaillait sur une toile et il avait trouvé un emploi au drugstore de Kern Place.

— Tu ne croiras jamais qui achète des préservatifs.

Je ne sais pas s'il a dit ça pour me faire rire, mais ça a marché.

— Et ma mère m'apprend à conduire. On passe notre temps à nous engueuler.

— Je te laisserai conduire mon pick-up.

— Le pire cauchemar de ma mère.

Nous avons ri à nouveau. Ça me faisait du bien. Sans le rire de Dante, ça n'aurait pas vraiment été l'été. Ces premières semaines, nous nous étions souvent appelés mais peu vus.

Il était occupé. J'étais occupé.

Je crois surtout que nous nous évitions. Même si nous ne voulions pas faire toute une affaire de ce baiser, ce n'était pas rien. Il a fallu un certain temps pour que son fantôme disparaisse.

Un matin, en rentrant de mon jogging, j'ai trouvé un mot de ma mère me disant qu'elle allait passer la journée à la banque alimentaire.

Quand commenceras-tu ton bénévolat le samedi après-midi ? Tu as promis.

Je ne sais pas pourquoi, mais j'ai appelé Dante.

— Je me suis porté volontaire pour travailler à la banque alimentaire le samedi après-midi, tu veux venir avec moi ?

— Oui. Qu'est-ce qu'on est censés faire ?

— Je suis sûr que ma mère nous expliquera.

J'étais content de lui avoir proposé. Il me manquait. Encore plus que quand il était à Chicago.

Je ne sais pas pourquoi.

Après avoir pris ma douche, j'avais un peu de temps à tuer. Soudain, je me suis retrouvé devant le tiroir de la chambre inutilisée, puis avec l'enveloppe « Bernardo » dans les mains. J'avais envie de l'ouvrir. Peut-être que si je découvrais son contenu, ma vie prendrait tout son sens.

Mais je l'ai remise dans le tiroir.

J'ai pensé à mon frère toute la journée. Je ne me souvenais

—

pas à quoi il ressemblait. Au restaurant, je me suis trompé dans toutes les commandes. Le manager m'a dit de faire attention.

— Je ne te paie pas pour tes beaux yeux.

Une insulte s'est formée dans ma tête, mais elle n'a pas passé mes lèvres.

Après le travail, j'ai conduit jusque chez Dante.

— Tu veux te saouler ?

Il m'a dévisagé.

— D'accord.

Il a eu la décence de ne pas me demander ce qui n'allait pas.

Je suis rentré chez moi me doucher pour me débarrasser de l'odeur de friture. Mon père lisait. La maison m'a semblé bien calme.

— Où est maman ?

— Tes sœurs et elle sont allées rendre visite à ta tante Ophelia, à Tucson.

— Ah, oui. J'avais oublié.

— Il n'y a que toi et moi.

J'ai hoché la tête.

— Trop sympa.

Je m'étais mal exprimé, je ne voulais pas être sarcastique.

Je sentais son regard sur moi.

— Quelque chose ne va pas, Ari ?

— Non. Je sors. Je vais faire un tour avec Dante.

Il ne me lâchait pas du regard.

— Tu as l'air différent, Ari.

— Différent comment ?

— En colère.

Si j'avais été plus courageux, je lui aurais dit : *En colère ? Pourquoi le serais-je ? Tu sais quoi, papa ? Je me fiche que tu ne puisses pas parler du Vietnam. Même si je sais que cette guerre te hante. Par contre, ce qui me met en colère, c'est que tu ne parles pas de mon frère. Bon Dieu, papa ! Je ne peux pas supporter ton silence.*

J'ai imaginé sa réponse : *Tout ce silence m'a sauvé, Ari. Et pourquoi es-tu aussi obsédé par ton frère ?*

J'aurais répondu : *Obsédé, papa ? Tu sais ce que maman et toi m'avez appris ? À tout garder pour moi. Et je te hais de m'avoir inculqué ça.*

— Ari ?

Je savais que j'étais au bord des larmes et qu'il le voyait. Je ne supportais pas que mon père voie la tristesse que je portais en moi.

Il s'est avancé vers moi.

— Ari...

— Ne me touche pas, papa. Ne me touche pas.

Je ne me souviens pas d'avoir conduit jusque chez Dante. Je me rappelle avoir été dans mon pick-up, devant chez lui.

Ses parents étaient assis sur les marches de la maison. Ils m'ont fait coucou. Je leur ai répondu. L'instant d'après, ils se tenaient à la portière de mon pick-up. J'ai entendu la voix de M. Quintana.

— Ari, tu pleures.

— Ouais, ça m'arrive parfois.

— Tu devrais venir à l'intérieur, a dit Mme Quintana.

— Non.

Puis Dante était là. Il a dit :

— On y va.

Ses parents n'ont posé aucune question.

J'aurais pu conduire sans jamais m'arrêter. Je ne sais pas comment j'ai réussi à trouver mon endroit préféré dans le désert, mais je l'ai trouvé. Comme si j'avais une boussole intérieure. L'un des secrets de l'univers est que parfois notre instinct est plus fort que notre esprit. Une fois garé, j'ai claqué la portière.

— Merde ! J'ai oublié la bière.

— On n'a pas besoin de bière, a chuchoté Dante.

— Il nous faut de la bière ! Putain ! Dante !

Je ne sais pas pourquoi je hurlais. Mes cris se sont transformés en sanglots. Je me suis mis à pleurer dans les bras de Dante.

Il m'a serré sans dire un mot.

Un autre secret de l'univers : parfois, la douleur est comme une tempête venue de nulle part. La matinée la plus ensoleillée peut se conclure par un orage. Par des éclairs et du tonnerre.

Sept

C'ÉTAIT BIZARRE QUE MA MÈRE NE SOIT PAS LÀ.
Je n'avais pas l'habitude de faire le café.
Mon père m'avait laissé un mot : *Tu vas bien ?*
Ouais, papa.

J'ai été heureux que Legs brise le silence de la maison en aboyant. C'était sa façon de me dire qu'il était l'heure d'aller courir.

J'ai essayé de me vider la tête en faisant mon jogging, mais rien à faire. Je pensais à mon père, à mon frère et à Dante. Je pensais tout le temps à Dante ; j'essayais de le comprendre, je me demandais pourquoi nous étions amis et pourquoi cela semblait si important. Pour nous deux. Je détestais penser aux choses et aux gens, surtout quand ils étaient des mystères que je ne pouvais pas résoudre. J'ai changé de sujet de réflexion et j'ai pensé à ma tante Ophelia qui vivait à Tucson. Pourquoi n'allais-je jamais lui rendre visite ? Je l'aimais bien. Elle vivait seule et j'aurais pu faire un effort. Mais je ne l'avais jamais fait. Il m'arrivait de lui téléphoner. C'était étrange, mais j'étais à l'aise avec elle, je pouvais lui parler. J'ignore comment, mais elle me transmettait énormément d'amour.

Après ma douche, j'ai observé mon corps nu dans le miroir. Quelle chose étrange que d'avoir un corps. Je me suis souvenu qu'un jour ma tante m'avait dit : « Le corps est magnifique. »

Aucun adulte ne m'avait dit ça. Je me demandais si un jour je trouverais mon corps magnifique. Ma tante Ophelia avait résolu quelques mystères de l'univers. Moi, aucun.

Je n'avais même pas résolu le mystère de mon propre corps.

Huit

AVANT D'ALLER AU RESTAURANT, JE ME SUIS
arrêté au drugstore où Dante travaillait. Je crois que je voulais
juste constater de mes yeux qu'il avait vraiment un boulot.
Quand je suis entré dans le drugstore, il était derrière le
comptoir, en train de ranger des paquets de cigarettes sur une
étagère.

— Tu portes des chaussures ?

Il a souri. Il portait un badge. *Dante Q.*

— Je pensais justement à toi.

— Ah oui ?

— Des filles sont passées tout à l'heure.

— Des filles ?

— Elles te connaissent. On a discuté.

Je savais de qui il parlait.

— Gina et Susie.

— Oui. Elles sont sympas. Et mignonnes.

— Oui. Sympas, mignonnes et un peu lourdes.

— Elles ont vu mon badge, se sont regardées et l'une d'elles
m'a demandé si je te connaissais.

— Qu'est-ce que tu leur as dit ?

— Que tu es mon meilleur ami.

— Tu leur as dit ça ?

— Tu es mon meilleur ami.

— Elles t'ont posé d'autres questions ?

— Oui, ce que je savais sur l'accident et comment tu t'es cassé les jambes.

— J'y crois pas ! J'y crois pas !

— Quoi ?

— Tu leur as dit ?

— Évidemment.

— Tu leur as dit ?

— Pourquoi tu t'énerves ?

— Tu leur as raconté ce qu'il s'est passé ?

— Bien sûr.

— On a une règle, Dante.

— Tu es en colère contre moi ?

— La règle stipule qu'on ne doit pas parler de l'accident.

— Faux. La règle dit qu'on ne doit pas parler de l'accident ensemble. Elle ne s'applique pas aux autres.

Une file d'attente se formait derrière moi.

— Je dois me remettre au travail.

Dans l'après-midi, il m'a appelé au restaurant.

— Pourquoi es-tu en colère ?

— Je ne veux pas que les gens sachent.

— Je ne te comprends pas, Ari.

Il a raccroché le téléphone.

Ce qui devait arriver arriva. Gina et Susie se sont pointées au Charcoaler au moment où je partais.

— Tu nous avais dit la vérité, a dit Gina.

— Et alors ?

— Et alors ? Tu as sauvé la vie de Dante.

— Je n'ai pas envie d'en parler, Gina.

— Tu as l'air fâché, Ari.

— Je n'aime pas en parler.

— Pourquoi ? Tu es un héros, a dit Susie Byrd.

— Et comment ça se fait qu'on ne connaisse pas ton meilleur ami ? a dit Gina.

— Ouais, comment ça se fait ?

Je les observais.

— Il est mignon. Moi aussi je me serais jetée sous une voiture pour lui.

— La ferme, Gina.

— Pourquoi tu le caches ?

— Je ne le cache pas. C'est juste qu'il va à Cathedral.

Susie a eu un air débile.

— Les mecs de Cathedral sont mignons.

— Les mecs de Cathedral sont des nases.

— Alors, quand est-ce qu'on le rencontre ?

— Jamais.

— Ah, tu le veux pour toi tout seul.

— Ça suffit, Gina. Tu me prends la tête.

— Oh, j'ai touché un point sensible ?

— Va te faire foutre, Gina.

— Tu ne veux vraiment pas qu'on le connaisse.

— Je m'en fous. Tu sais où il travaille. Va le voir. Au moins tu me foutras la paix.

Neuf

— JE NE COMPRENDS PAS POURQUOI TU TE METS dans cet état.

— Pourquoi t'as tout raconté à Gina et Susie ?

— Qu'est-ce qu'il t'arrive, Ari ?

— On était d'accord pour ne pas en parler.

— Je ne te comprends pas.

— Je ne me comprends pas non plus.

Nous étions assis sur les marches de sa terrasse. Je me suis levé.

— Je dois y aller.

J'ai regardé de l'autre côté de la rue et je me suis souvenu de Dante courant après les deux garçons qui tiraient sur un oiseau.

Je suis monté dans mon pick-up en claquant la portière. Dante se tenait à côté de moi.

— Tu regrettes de m'avoir sauvé la vie, c'est ça ? Tu aurais préféré que je meure ?

— Bien sûr que non.

Il me regardait fixement.

J'ai détourné le regard et démarré.

Mon père et moi avons dîné en silence. Chacun donnait ses restes à Legs.

— Ta mère ne serait pas pour.

— Effectivement.

Nous nous sommes souri bizarrement.

— Je vais faire un bowling. Tu veux venir ?

— Un bowling ?

— Oui, j'y vais avec Sam.

— Tu vas faire un bowling avec le père de Dante ?

— Oui. Il m'a invité. J'avais envie de sortir. Vous voulez venir, Dante et toi ?

— Je ne sais pas.

— Vous êtes fâchés ?

— Non.

J'ai téléphoné à Dante.

— Nos pères font un bowling ce soir.

— Je sais.

— Mon père nous propose de venir.

— Dis-lui non. J'ai une meilleure idée.

M. Quintana est passé prendre mon père. J'ai trouvé ça étrange. Je ne savais même pas que mon père savait jouer.

Je les ai regardés s'éloigner avant de dire à Legs :

— On y va.

Elle a sauté dans le pick-up et nous avons roulé jusque chez Dante. Il parlait avec sa mère, assis sur la terrasse. Legs est descendue et je me suis penché pour faire la bise à Mme Quintana. La dernière fois que je l'avais vue, je lui avais serré la main. Je m'étais senti idiot. Elle m'avait dit : « Une bise fera très bien l'affaire. » C'était notre nouvelle façon de nous saluer.

Le soleil se couchait. Même s'il avait fait très chaud toute la journée, le vent se levait et les nuages s'amoncelaient. La brise soulevait les cheveux de Mme Quintana.

— Dante a fait une liste de prénoms pour son frère.

J'ai regardé Dante.

— Et si c'est une fille ?

— Ce sera un garçon.

Il n'y avait pas l'ombre d'un doute dans sa voix.

— J'aime : Diego, Joaquin, Javier, Rafael et Maximiliano.

— Des noms très mexicains, ai-je fait remarquer.

— Oui, comme ça, peut-être qu'il se sentira plus mexicain.

L'expression sur le visage de sa mère m'a fait comprendre qu'ils en avaient parlé plus d'une fois.

— Qu'est-ce que tu penses de Sam ? ai-je suggéré.

— Pas mal.

Mme Quintana a éclaté de rire.

— Est-ce que la mère a son mot à dire ?

— Non, a dit Dante. La mère a juste le droit de faire tout le reste.

Elle s'est penchée et l'a embrassé. Elle a levé les yeux vers moi.

— Alors, vous allez observer les étoiles ?

— Oui, à l'œil nu. Sans télescope. Et Legs vient avec nous.

— Non. Legs reste avec moi. J'ai envie d'avoir de la compagnie.

— OK. Si vous voulez.

Avant que je démarre mon pick-up, Mme Quintana m'a crié :

— Promets-moi de faire attention. Souviens-toi de la pluie.

Dix

ALORS QUE NOUS ROULIONS VERS MON ENDROIT
préféré dans le désert, Dante a sorti deux joints de sa poche.

Nous avons souri.

— Quel mauvais garçon. Si nos parents savaient.

— Si nos parents savaient, a répété Dante.

Nous avons gloussé.

— Je n'ai jamais fumé.

— Ce n'est pas très compliqué.

— Qui t'a donné ça ?

— Daniel. Le mec avec qui je bosse. Je crois que je lui plais.

— Il veut t'embrasser ?

— Je crois.

— Et toi, tu veux l'embrasser.

— Je ne suis pas sûr.

— Mais tu l'as convaincu de te donner de l'herbe.

J'ai gardé les yeux sur la route mais je savais qu'il souriait.

— Tu aimes convaincre les gens de faire certaines choses,
n'est-ce pas ?

— Je ne te répondrai pas.

Des éclairs lézardaient le ciel, le tonnerre grondait et l'air
sentait la pluie.

Nous sommes descendus de la camionnette sans dire un
mot. Il a allumé un joint, aspiré la fumée et l'a gardée quelques
secondes avant de la recracher. Il l'a refait puis m'a tendu le

joint. J'ai fait exactement comme lui. J'aimais l'odeur, mais l'herbe m'a fait mal aux poumons. J'ai fait de mon mieux pour me retenir de tousser. Si Dante ne toussait pas, je ne devais pas tousser non plus. Nous nous sommes passé le joint jusqu'à ce qu'il soit entièrement consumé.

Je me sentais léger, enjoué et heureux. C'était à la fois bizarre et formidable, tout semblait loin et proche en même temps. Assis sur le bord du hayon, nous avons eu un fou rire.

La brise s'est transformée en vent. Le tonnerre et les éclairs se sont rapprochés et il a commencé à pleuvoir. Nous nous sommes réfugiés dans la camionnette. Nous ne pouvions pas nous arrêter de rire.

— C'est dingue, ai-je dit.

— Dingue. Dingue, dingue, dingue.

— Bon Dieu, c'est dingue.

Nous avons écouté la pluie tomber. Un vrai déluge. Comme pendant cette fameuse nuit.

— Sortons, a dit Dante. Allons sous la pluie.

Je l'ai regardé se déshabiller. Il a enlevé sa chemise, son short, son caleçon. Tout sauf ses baskets. Ce qui était vraiment ironique.

— Alors ?

Il avait la main sur la poignée de la portière.

— Prêt ?

— Attends.

J'ai retiré tous mes vêtements et gardé mes baskets.

Nous nous sommes regardés en riant.

— Prêt ? ai-je lancé à mon tour.

— Prêt.

Nous avons couru sous la pluie. Bon sang, elle était froide.

— Merde ! ai-je hurlé.

— Merde ! a fait Dante.

— On est complètement dingues.

Dante riait. Nous avons couru autour du pick-up jusqu'à perdre haleine, nus, en hurlant de rire.

Nous sommes remontés à l'intérieur, morts de rire et essoufflés. Puis la pluie a cessé. C'était comme ça dans le désert. La pluie s'abattait et s'arrêtait de tomber aussi soudainement.

J'ai ouvert ma portière et je me suis étiré dans l'air humide du soir.

J'ai fermé les yeux. Dante se tenait juste à côté de moi.

J'ignore ce que j'aurais fait s'il m'avait touché.

Mais il ne m'a pas touché.

— Je meurs de faim, a-t-il dit.

— Moi aussi.

Nous nous sommes rhabillés et sommes repartis en ville.

— Qu'est-ce que tu veux manger ?

— Un *menudo*, a répondu Dante.

— Tu aimes cette espèce de ragoût ?

— Oui.

— Ça fait de toi un vrai Mexicain.

— Les vrais Mexicains aiment embrasser les garçons ?

— Je ne crois pas que le fait d'aimer les garçons soit réservé aux Américains.

— Possible.

— Oui, possible.

Il ne supportait pas quand j'avais raison.

— J'ai les yeux rouges ? a demandé Dante.

— Non.

— Bien. Ça veut dire qu'on peut rentrer. J'arrive pas à croire qu'on ait fait ça.

— Moi non plus.

— Mais c'était super !

— C'était carrément génial !

Onze

MON PÈRE M'A RÉVEILLÉ TÔT.

— On va à Tucson. J'ai fait du café.

Legs l'a suivi.

Je me suis demandé s'il était en colère contre moi et pourquoi nous devions aller à Tucson. Je me sentais un peu groggy, comme si on m'avait réveillé au milieu d'un rêve. Mon père m'a tendu une tasse.

— Tu es le seul gamin que je connaisse qui boive du café.

J'ai essayé de faire la conversation, de faire comme si je n'avais jamais eu de dialogue imaginaire avec lui. Enfin, il n'en savait rien. Mais moi *si*.

— Tu sais, papa, un jour, tous les enfants du monde boiront du café.

— J'ai besoin de fumer une cigarette.

Legs et moi l'avons suivi dans le jardin.

Il a allumé sa cigarette.

— C'était comment, le bowling ?

Il a eu un sourire en coin.

— C'était sympa. Je suis un piètre joueur. Heureusement, Sam n'est pas très bon non plus.

— Tu devrais sortir plus souvent, ai-je fait remarquer.

— Toi aussi.

Il a pris une taffe.

— Ta mère a appelé la nuit dernière. Ta tante a eu une attaque. Elle ne va pas s'en sortir.

Je me souvenais d'avoir vécu chez elle un été. J'étais un petit garçon et elle était une femme gentille. Elle ne s'était jamais mariée. Ce qui n'avait aucune importance. Elle riait beaucoup et savait donner le sentiment à un jeune garçon d'être le centre du monde. Elle avait toujours vécu à l'écart du reste de la famille pour des raisons qu'on ne m'avait jamais expliquées et dont je ne m'étais pas inquiété.

— Ari ? Tu m'écoutes ?

J'ai hoché la tête.

— Parfois tu as l'air absent.

— Ce n'est pas ça. Je repensais à l'été que j'ai passé chez elle quand j'étais petit.

— Oui. Tu ne voulais plus revenir à la maison.

— Vraiment ? Je ne m'en souviens pas.

— Tu étais tombé amoureux d'elle.

Il a souri.

— Je me souviens de l'avoir toujours aimée. C'est bizarre.

— Pourquoi ?

— Je ne ressens pas la même chose pour mes autres oncles et tantes.

Il a hoché la tête.

— Le monde se porterait mieux s'il comptait plus de femmes comme elle. Ta mère et elle se sont écrit chaque semaine pendant des années. Tu le savais ?

— Non. Ça fait beaucoup de lettres.

— Elle les a toutes gardées.

J'ai bu une gorgée de café.

— Tu peux te faire remplacer au travail, Ari ?

Je l'ai imaginé à l'armée, prenant les choses en main d'une voix calme et posée.

— Oui. Je fais griller des hamburgers. Au pire, quoi ? Ils me renvoient ?

Legs a aboyé en me regardant. Elle avait l'habitude d'aller courir tous les matins.

— Que va-t-on faire d'elle ?

— Dante, a suggéré mon père.

Sa mère a répondu au téléphone.

— Bonjour. C'est Ari.

— Je t'ai reconnu. Tu es debout bien tôt.

— Oui. Dante est réveillé ?

— Tu plaisantes ? Il se lève trente minutes avant de partir travailler. Pas une minute plus tôt.

Nous avons ri.

— Voilà. J'ai besoin d'un service.

— Je t'écoute.

— Eh bien, ma tante a eu une attaque. Ma mère était avec elle. Je pars avec mon père dès que possible. Mais je ne sais pas quoi faire de Legs et je me suis dit que…

Elle ne m'a pas laissé le temps de terminer ma phrase.

— Nous la prenons chez nous, évidemment.

— Mais vous travaillez et Dante aussi.

— Ne t'inquiète pas, Ari. Sam est à la maison toute la journée. Il termine son livre.

— Merci.

— Ce n'est rien, Ari.

Elle semblait plus heureuse que lors de notre première rencontre. Peut-être parce qu'elle allait avoir un bébé.

J'ai raccroché et fait mon sac. Le téléphone a sonné. C'était Dante.

— Désolé pour ta tante. Mais je suis content de récupérer Legs !

Un vrai gamin. Il serait peut-être un gamin toute sa vie. Comme son père.

— Oui. N'oublie pas qu'elle aime courir le matin. Tôt.

— Qu'est-ce que tu appelles tôt ?

— On se lève à six heures moins le quart.

— Six heures moins le quart ! T'es dingue ?

Il me faisait rire.

— Merci pour ton aide.

— Tu vas bien ?

— Oui.

— Ton père t'a passé un savon pour être rentré tard hier soir ?

— Non. Il dormait.

— Ma mère voulait savoir ce qu'on avait fait.

— Qu'est-ce que tu lui as dit ?

— Je lui ai dit que nous n'avions pas vu d'étoiles à cause de l'orage, que nous étions restés dans le pick-up et que nous étions allés manger un morceau. Elle m'a regardé d'un drôle d'air et m'a dit : « Pourquoi je ne te crois pas ? » J'ai dit : « Parce que tu es d'une nature suspicieuse. » Puis elle a laissé tomber.

— Ta mère a un bon instinct. Je parie qu'elle sait.

— Comment elle saurait ?

— Je ne sais pas, mais j'en suis sûr.

— Tu me rends parano.

— Tant mieux.

Nous avons déposé Legs un peu plus tard. Mon père a confié une clé de chez nous à M. Quintana. Dante était chargé d'arroser les plantes de ma mère.

— Et ne me vole pas mon pick-up.

— Je suis mexicain. Je sais démarrer une voiture sans clé.

J'ai ri.

— Écoute. Préparer des *fajitas* et jouer avec des fils de contact sont deux formes d'art bien distinctes.

Douze

NOUS N'AVONS PAS BEAUCOUP PARLÉ PENDANT le trajet jusqu'à Tucson.

— Ta mère est triste, a dit mon père.

— Tu veux que je conduise ?

— Non.

Puis il a changé d'avis.

— Oui.

Il a emprunté la sortie la plus proche. Nous avons bu un café et pris de l'essence. Il m'a tendu les clés. J'ai eu un sourire crispé.

— Je n'ai jamais conduit autre chose que mon pick-up.

— Si tu peux manier ta camionnette, tu peux conduire n'importe quoi.

— Je suis désolé pour l'autre soir. C'est juste que parfois je ne sais pas quoi faire de tous ces sentiments qui se bousculent en moi. Ça doit te sembler idiot.

— Ça me paraît tout à fait normal de ressentir des choses, Ari.

— Sauf que je ne sais pas d'où vient toute cette colère.

— Peut-être que si nous parlions plus…

— Oui, mais aucun d'entre nous n'est un grand bavard, papa.

— Tu sais très bien t'exprimer, Ari. Tu perds un peu de ton éloquence avec moi, c'est tout.

Il a baissé sa vitre.

— Ta mère ne me laisse pas fumer dans la voiture. Ça te dérange ?

— Non, vas-y.

L'odeur de la cigarette me faisait toujours penser à lui. Alors qu'il fumait, j'ai conduit au milieu du silence et du désert, sous un ciel nuageux.

Mon esprit divaguait. Je me demandais ce que Dante voyait lorsqu'il me regardait et pourquoi je ne regardais jamais les dessins qu'il m'avait donnés. Je pensais à Gina et Susie. Pourquoi ne les appelais-je jamais ? Elles m'énervaient, mais c'était leur façon d'être gentilles. Je savais qu'elles m'aimaient bien. Moi aussi, d'ailleurs. Pourquoi un garçon ne pouvait-il pas être ami avec des filles ? Quel mal y avait-il à cela ? Je pensais à mon frère. Je me demandais s'il avait été proche de ma tante ; pourquoi une femme si gentille avait coupé les ponts avec sa famille. Et pourquoi j'avais passé un été chez elle quand j'avais quatre ans.

— À quoi tu penses ?

J'ai été surpris par la voix de mon père. Il ne posait presque jamais cette question.

— Je pensais à tante Ophelia.

— Qu'est-ce que tu te demandais ?

— Pourquoi m'avez-vous envoyé chez elle pendant un été ?

Il n'a pas répondu. Il a baissé de nouveau sa vitre et l'air chaud du désert est entré dans la voiture rafraîchie par l'air conditionné. Je savais qu'il allait fumer une autre cigarette.

— Dis-moi.

— C'était à l'époque du procès de ton frère.

C'était la première fois qu'il parlait de mon frère. Je n'ai rien dit. Je voulais qu'il continue.

— C'était très difficile pour ta mère et moi. Pour tes sœurs, aussi. Nous ne voulions pas que tu…

Il a marqué une pause.

— Enfin, tu vois ce que je veux dire.

Il avait l'air sérieux. Plus que d'habitude.

— Ari, ton frère t'aimait énormément. Il ne voulait pas que tu assistes à tout cela. Que tu le voies comme ça.

— Donc vous m'avez éloigné.

— Oui.

— Ça n'a servi à rien, papa. Je pense à lui tout le temps.

— Je suis navré, Ari.

— Pourquoi ne peut-on pas...

— Ari, c'est plus compliqué que tu ne le penses.

— Comment ça ?

— Ta mère a fait une dépression.

Je l'entendais fumer sa cigarette.

— Quoi ?

— Tu es resté chez ta tante Ophelia pendant plus qu'un été. Tu y es resté neuf mois.

— Maman ? Je ne peux pas... Maman ? Elle a...

J'aurais voulu lui demander une cigarette.

— Ta mère est très forte. Mais la vie n'est pas logique, Ari. C'était comme si ton frère était mort. Elle est devenue quelqu'un d'autre. Lorsqu'il a été condamné, elle s'est écroulée. Tu ne peux pas imaginer combien elle aimait ton frère. Je ne savais pas quoi faire. Même aujourd'hui, il m'arrive de me demander si c'est vraiment terminé. Quand elle est revenue, elle semblait si fragile. Au bout de quelques mois, elle est redevenue elle-même. Et forte...

Mon père pleurait. Je me suis garé sur le bas-côté.

— Je suis désolé. Je ne savais pas. Je ne savais pas, papa.

Il a hoché la tête et est descendu de la voiture. Debout, dans la chaleur, il essayait de se reprendre. Je l'ai laissé tranquille un moment. Puis j'ai décidé que je voulais être avec lui. Nous nous laissions peut-être un peu trop tranquilles et cela nous tuait.

— Papa, il m'est arrivé de vous haïr, maman et toi, parce que vous faisiez comme s'il était mort.

— Je sais. Je suis désolé, Ari. Je suis désolé. Je suis désolé.

Treize

À NOTRE ARRIVÉE À TUCSON, MA TANTE OPHELIA
était morte.

Beaucoup de gens ont assisté à ses obsèques. Elle avait vrai-
semblablement été beaucoup aimée. Par tout le monde, sauf
par sa famille. Nous étions les seuls. Ma mère, mon père, mes
sœurs et moi.

Des gens que je ne connaissais pas venaient me voir.

— Ari ? demandaient-ils.

— Oui. Je suis Ari.

— Ta tante t'adorait.

J'avais tellement honte de ne pas l'avoir appelée plus souvent. Tellement honte.

Quatorze

MES SŒURS SONT REPARTIES APRÈS L'ENTER-
rement.

Mes parents et moi sommes restés. Il fallait fermer la maison de ma tante.

J'avais du mal à imaginer que ma mère ait pu perdre la raison.

— Tu n'arrêtes pas de me regarder, a-t-elle dit un soir, alors que nous observions un orage d'été arriver par l'ouest.

— Ah bon ?

— Tu es très silencieux.

— C'est mon état normal. Pourquoi les autres oncles et tantes ne sont-ils pas venus ?

— Ils n'approuvaient pas le mode de vie de ta tante.

— Pourquoi ?

— Elle a vécu de nombreuses années avec une femme.

— Franny. Elle vivait avec Franny.

— Tu t'en souviens ?

— Oui. Un peu. Pas beaucoup. Elle était gentille. Elle aimait chanter.

— Elles s'aimaient, Ari.

J'ai hoché la tête.

— OK.

— Ça te gêne ?

— Non.

Je triturais ma nourriture dans mon assiette. J'ai levé les yeux vers mon père. Il n'a pas attendu que je pose la question pour me répondre.

— J'aimais beaucoup Ophelia. Elle était gentille et droite.

— Ça ne te faisait rien qu'elle vive avec Franny ?

— Tes oncles et tantes ne le supportaient pas.

— Mais toi, ça ne te faisait rien ?

Il a eu une expression étrange, comme s'il essayait de contenir la colère que la famille de ma mère lui inspirait.

— Si cela nous avait posé un problème, crois-tu que nous t'aurions envoyé vivre chez elle ?

Il a regardé ma mère.

Elle a acquiescé.

— Quand nous serons de retour chez nous, a-t-elle dit, je te montrerai des photos de ton frère, si tu veux bien.

Elle s'est penchée et a essuyé les larmes qui me venaient. Je ne pouvais plus parler.

— Nous ne prenons pas toujours les bonnes décisions, Ari. Nous faisons simplement de notre mieux.

Les larmes coulaient sur mes joues, comme si une digue s'était rompue.

— Je crois que nous t'avons blessé.

J'ai fermé les yeux.

— Je pleure parce que je suis heureux.

Quinze

J'AI APPELÉ DANTE POUR LE PRÉVENIR QUE NOUS rentrions dans quelques jours. Je ne lui ai rien dit au sujet de ma tante. Sauf qu'elle m'avait légué sa maison.

— Quoi ?

— Ouais.

— Ouah.

— C'est le bon mot.

— Elle est grande ?

— Elle est magnifique.

— Qu'est-ce que tu vas en faire ?

— Apparemment, un ami de ma tante aimerait l'acheter.

— Qu'est-ce que tu vas faire de tout cet argent ?

— Je ne sais pas. Je n'y ai pas pensé.

— Pourquoi te l'a-t-elle laissée ?

— Aucune idée.

— Bon, en tout cas tu peux démissionner du Charcoaler. Dante. Toujours le mot pour rire.

— Alors, qu'est-ce que tu fais de beau ?

— Je bosse au drugstore. Et je sors un peu avec un mec.

— Ah oui ?

— Oui.

Je voulais lui demander son nom, mais je ne l'ai pas fait. Il a changé de sujet.

— Mes parents sont fous de Legs.

Seize

LE 4 JUILLET, JOUR DE FÊTE NATIONALE, NOUS
étions toujours à Tucson.

Nous sommes allés voir le feu d'artifice.

Mon père m'a laissé boire une bière avec lui. Ma mère a fait
comme si elle n'était pas d'accord.

— Ari, ce n'est pas la première fois que tu bois de la
bière ?

Je n'allais pas lui mentir.

— Maman, je t'ai dit que quand je dérogerais aux règles, je
le ferais dans ton dos.

— Oui, c'est vrai. Tu n'as jamais conduit après avoir
bu ?

— Non.

— Juré ?

— Juré.

J'ai lentement bu ma bière en regardant le feu d'artifice.
J'étais comme un gosse. J'adorais les explosions de couleurs
dans le ciel, les cris des spectateurs.

— Ophelia disait que Franny était son feu d'artifice.

— C'est joli de dire ça. Que lui est-il arrivé ?

— Elle est morte d'un cancer.

— Quand ?

— Il y a environ six ans.

— Tu es allée à l'enterrement ?

— Oui.

— Tu ne m'as pas emmené.

— Non.

— Elle m'envoyait des cadeaux à Noël.

— Nous aurions dû te le dire.

Dix-sept

JE CROIS QUE MES PARENTS ONT DÉCIDÉ QU'IL y avait trop de secrets dans le monde. Avant de quitter la maison de ma tante, ma mère a mis deux cartons dans le coffre de la voiture.

— Qu'est-ce que c'est ?

— Les lettres que je lui ai écrites. Elles sont pour toi.

Je me suis demandé si mon sourire était aussi large que le sien. Sûrement pas aussi beau en tout cas.

Dix-huit

PENDANT LE TRAJET DE TUCSON À EL PASO, j'étais assis sur la banquette arrière. Je voyais mes parents se tenir par la main. Parfois, ils se regardaient furtivement. Je contemplais le désert en repensant au soir où Dante et moi avions fumé de l'herbe et dansé nus sous la pluie.

— Que vas-tu faire du reste de l'été ?

— Je ne sais pas. Travailler au Charcoaler. Traîner avec Dante. Faire du sport. Lire. Des trucs dans le genre.

— Tu n'es pas obligé de travailler, a dit mon père. Tu as le reste de ta vie pour ça.

— Ça ne me dérange pas de travailler. Et puis de toute façon, qu'est-ce que je ferais d'autre ? Je n'aime pas la télé puisque vous m'avez interdit de la regarder. Du coup, je n'ai aucune référence commune avec les gens de ma génération.

— Eh bien, à partir d'aujourd'hui tu peux regarder la télévision autant que tu veux.

— Trop tard.

Ils ont pouffé de rire.

— Ce n'est pas drôle. Je suis le mec de dix-sept ans le moins cool de la terre. Et c'est votre faute.

— Tout est notre faute.

— Oui. Tout.

Ma mère s'est retournée pour vérifier que je plaisantais.

291

— Dante et toi devriez aller faire un tour. Je ne sais pas, camper par exemple.

— Mouais.

— Réfléchis-y, a insisté ma mère. C'est l'été.

C'était l'été. Je n'arrêtais pas de penser à ce que Mme Quintana avait dit : *Souviens-toi de la pluie.*

— Un orage arrive, a dit mon père. On va le prendre de plein fouet.

Il y avait bien de gros nuages noirs au-dessus de nous. J'ai baissé ma vitre et senti l'odeur de la pluie. Dans le désert, on la sent avant même qu'une goutte ne soit tombée. J'ai fermé les yeux et tendu ma main. La première goutte de pluie était comme un baiser. Le ciel m'embrassait. Cette idée m'a plu. C'était une pensée que Dante aurait pu avoir. J'ai senti une autre goutte, puis une autre. Un baiser. Un baiser. Et encore un baiser. J'ai pensé à mes rêves dans lesquels j'embrassais quelqu'un, mais je ne savais jamais qui. Soudain, ç'a été un véritable déluge. J'ai remonté la vitre. Mon bras était mouillé, la manche de mon tee-shirt trempée.

Mon père s'est garé sur le bord de la route.

— Impossible de conduire là-dessous, a-t-il dit.

Un peu inquiets, nous étions plongés dans le noir, sous des trombes d'eau.

Ma mère a serré la main de mon père.

Les orages me faisaient me sentir petit et me donnaient un sentiment de solitude. Tous les garçons se sentaient-ils parfois seuls ?

Les garçons comme moi n'étaient pas faits pour le soleil de l'été, mais pour la pluie.

Tous les secrets de l'univers

Je t'ai cherché pendant toute ma jeunesse
sans savoir ce que je cherchais.
W.S. Merwin

Un

IL A PLU PAR INTERMITTENCE PENDANT TOUT LE
trajet de retour à El Paso. J'ai somnolé, ne me réveillant que
lorsque nous traversions une grosse averse.

Il y avait quelque chose de très serein dans ce voyage en voiture.

À l'extérieur, le tonnerre et la pluie se déchaînaient. Dans
l'habitacle, il faisait chaud. Je m'y sentais protégé.

Lors de l'un de mes sommes, j'ai rêvé de mon père et de mon
frère. Nous fumions tous ensemble dans le jardin. Ma mère et
Dante nous regardaient depuis la porte de la maison.

Je ne savais pas s'il s'agissait d'un rêve ou d'un cauchemar.
Probablement un rêve, car je n'étais pas triste à mon réveil.

— Tu penses à l'accident ?

J'ai entendu la douce voix de ma mère.

— Pourquoi ?

— Est-ce que la pluie te rappelle l'accident ?

— Parfois.

— Il vous arrive d'en parler, Dante et toi ?

— Non.

— Pourquoi ?

— On n'en parle pas, c'est tout.

— Je pensais que vous parliez de tout.

— Non. On est comme tout le monde.

Je savais que c'était faux. Nous n'étions pas comme tout le
monde.

Nous sommes arrivés à la maison sous une pluie battante. Les éclairs illuminaient le ciel et le vent soufflait. Le pire orage de la saison. Le temps de sortir les valises du coffre, mon père et moi étions trempés. Ma mère a préparé un thé bien chaud pendant que mon père et moi passions des vêtements secs.

— Legs déteste le tonnerre, ai-je dit. Ça lui fait mal aux oreilles.

— Je suis sûre qu'elle dort juste à côté de Dante. Elle te manque ?

— Oui.

J'imaginais Legs allongée aux pieds de Dante, gémissant à chaque coup de tonnerre et Dante l'embrassant en lui disant que tout allait bien. Dante, qui adorait embrasser les chiens, ses parents, les garçons et même les filles. Peut-être que le fait d'embrasser faisait partie intégrante de la condition humaine. Peut-être n'étais-je pas humain. Peut-être ne faisais-je pas partie de l'ordre naturel des choses. Mais Dante adorait embrasser. Je le soupçonnais aussi d'aimer se masturber. Je ne sais même pas pourquoi. C'était comme faire l'amour avec soi-même, ce qui était vraiment bizarre. L'autoérotisme. J'avais cherché un livre sur le sujet à la bibliothèque. Bon sang, je ne connaissais rien à rien. Au lycée, certains mecs parlaient de sexe tout le temps. Pourquoi cela les rendait-il si heureux ? J'avais l'impression d'être à côté de la plaque. Et pourquoi pensais-je à tout cela au milieu d'un orage, assis à la table de la cuisine avec mes parents ? J'ai essayé d'arrêter de divaguer. Je détestais vivre dans ma tête.

Mes parents discutaient et moi j'étais là sans être là. Mes pensées se sont dirigées comme toujours vers mon frère. Je me suis demandé comment aurait été ma vie s'il avait été là. Il m'aurait peut-être appris ce que c'est qu'être un homme, ce qu'on ressent, la façon dont on doit se comporter. Peut-être que j'aurais été heureux. Mais peut-être que ma vie aurait été la même. Ou pire. Ma vie n'était pas spécialement désagréable, j'en étais conscient. J'avais des parents aimants, une chienne et un meilleur ami. Mais, au fond de moi, je me sentais toujours mal.

Tous les garçons avaient-ils cette noirceur en eux ? Oui. Peut-être même Dante.

J'ai senti le regard de ma mère sur moi. Elle me dévisageait. Encore.

Je lui ai souri.

— J'aimerais te demander à quoi tu penses, mais je doute que tu me répondes.

J'ai haussé les épaules et pointé mon père du doigt.

— Je suis trop comme lui, je crois.

Ça l'a fait rire. Même s'il avait l'air fatigué, il dégageait quelque chose de juvénile. Peut-être devenait-il quelqu'un d'autre.

Tout le monde devenait toujours quelqu'un d'autre.

Parfois, en vieillissant, on rajeunissait. Et moi, je me sentais vieux. Comment peut-on se sentir vieux à dix-sept ans ?

Lorsque je me suis couché, il pleuvait toujours mais le tonnerre était devenu un murmure lointain.

Je me suis endormi et j'ai rêvé que j'embrassais quelqu'un.

Au réveil, j'ai eu envie de me masturber. « Serrer la main de son meilleur ami », comme disait Dante.

Au lieu de cela, j'ai pris une douche froide.

Deux

JE NE SAIS PAS POURQUOI, MAIS J'AVAIS UN mauvais pressentiment. Ce n'était pas à cause du rêve, de mon corps ou de la douche froide. Quelque chose d'autre clochait.

J'ai marché jusque chez Dante pour récupérer Legs. J'étais habillé pour faire un jogging. Après la pluie, l'air était frais et humide.

J'ai frappé à la porte d'entrée.

Il était tôt, mais pas trop. Je savais que Dante serait probablement encore endormi, mais pas ses parents.

M. Quintana a ouvert la porte. Legs s'est ruée dehors et m'a sauté dessus. Pour une fois, je l'ai laissée me lécher le visage.

— Legs ! Legs ! Tu m'as manqué.

Je la caressais quand j'ai levé les yeux et remarqué que M. Quintana avait l'air... Enfin, j'ai tout de suite su que quelque chose n'allait pas.

— Dante.

— Quoi ?

— Il est à l'hôpital.

— Quoi ? Que s'est-il passé ? Il va bien ?

— Il est très amoché. Sa mère a passé la nuit à l'hôpital avec lui.

— Que s'est-il passé ?

— Ari, veux-tu du café ?

Legs et moi l'avons suivi dans la cuisine. Il m'a tendu une tasse de café et nous nous sommes assis l'un en face de l'autre. Legs a posé sa tête sur ses genoux. Je le regardais, silencieux. J'attendais qu'il parle. Il a fini par dire :

— Êtes-vous très proches, Dante et toi ?

— Je ne comprends pas votre question.

Il s'est mordu la lèvre.

— Connais-tu bien mon fils ?

— C'est mon meilleur ami.

— Je sais, Ari. Mais est-ce que tu le connais bien ?

Il avait l'air de s'impatienter. Je faisais l'innocent. J'avais très bien compris ce qu'il me demandait. Mon cœur battait à tout rompre.

— Il vous a dit ?

M. Quintana a fait non de la tête.

— Alors vous savez.

Il n'a rien répondu.

Je savais que je devais dire quelque chose, mais je ne savais pas quoi. Il avait l'air perdu, effrayé, triste et fatigué. Je ne supportais pas de le voir ainsi.

— OK.

— OK quoi, Ari ?

— Quand vous êtes partis à Chicago, Dante m'a dit qu'un jour il aimerait épouser un garçon.

J'ai balayé la pièce du regard.

— Ou au moins embrasser un garçon. Je crois qu'il m'en a parlé dans une lettre. Ou quand il est rentré.

Il a hoché la tête en fixant le fond de sa tasse.

— Je crois que j'avais compris.

— Comment ?

— À cause de la façon dont il te regarde, parfois.

— Oh.

J'ai regardé mes pieds.

— Mais pourquoi ne m'a-t-il rien dit ?

— Il ne voulait pas vous décevoir. Il...

Je me suis interrompu et j'ai détourné le regard. Mais je me suis forcé à le regarder droit dans ses yeux noirs. Même si j'avais le sentiment de trahir Dante, je devais lui parler.

— Monsieur Quintana...

— Appelle-moi Sam.

— Sam.

Il a acquiescé.

— Il vous aime plus que tout. J'imagine que vous le savez.

— S'il m'aime tant, pourquoi ne m'a-t-il rien dit ?

— Ce n'est pas facile de parler à son père. Même à vous, Sam.

Il a bu nerveusement une gorgée de café.

— Il est si heureux que vous ayez un autre enfant. Pas seulement parce qu'il va devenir grand frère. Il a dit : « Il faut que ce soit un garçon et il devra aimer les filles. » Pour que vous ayez des petits-enfants. Pour que vous soyez heureux.

— Je me fiche d'avoir des petits-enfants. Tout ce qui m'intéresse, c'est Dante.

Il pleurait.

— J'aime Dante. J'aime cet enfant.

— Il a beaucoup de chance.

Sam m'a souri.

— Ils l'ont battu. Ils ont passé à tabac mon Dante. Ils lui ont fêlé des côtes, donné des coups de poing au visage. Il a des bleus partout. Ils ont fait ça à mon fils.

C'était étrange d'avoir envie de prendre un adulte dans mes bras.

Nous avons fini notre café.

Je n'ai pas posé d'autres questions.

Trois

JE NE SAVAIS PAS QUOI DIRE À MES PARENTS.

Tout ce que je savais, c'était que quelqu'un, peut-être plusieurs personnes, avait frappé Dante au point que cela se termine à l'hôpital. Et que cela avait un rapport avec un autre garçon.

Legs est devenue folle dès qu'elle a passé le seuil de chez nous. Elle était si heureuse. Mes parents également. J'étais content qu'ils l'aiment tant, qu'ils s'autorisent ce sentiment. Cette chienne nous aidait à resserrer nos liens.

Les chiens connaissent peut-être les secrets de l'univers.

— Dante est à l'hôpital.

Ma mère m'a dévisagé d'un air interrogateur. Mon père aussi.

— Il s'est fait agresser. Il est blessé. Il est à l'hôpital.

— Oh non. Notre Dante ?

Je me suis demandé pourquoi elle avait dit ça.

— Il a été attaqué par un gang ? a demandé mon père.

— Non. Ça s'est passé dans une ruelle.

Ils attendaient que je leur en dise plus, mais je ne pouvais pas.

— Je vais faire un tour.

Je ne me souviens pas d'être sorti de la maison.

Je ne me souviens pas d'avoir conduit jusqu'à l'hôpital.

Soudain je me tenais devant Dante et son visage boursouflé,

son visage qu'on avait puni. Il était méconnaissable. On ne distinguait même plus la couleur de ses yeux. Je me souviens d'avoir pris sa main et chuchoté son nom. Il pouvait à peine parler. Il pouvait à peine voir.

— Dante.

— Ari ?

— Je suis là.

— Ari ?

— J'aurais dû être là. Je les hais. Je les hais.

Je les haïssais vraiment. Je les haïssais pour ce qu'ils avaient fait à son visage, à ses parents. *J'aurais dû être là.*

J'ai senti la main de sa mère se poser sur mon épaule.

Je me suis assis près de ses parents.

— Il va se rétablir, n'est-ce pas ?

Mme Quintana a acquiescé.

— Oui. Mais…

Elle me fixait.

— Resteras-tu son ami ?

— Je le serai toujours.

— Quoi qu'il arrive ?

— Quoi qu'il arrive.

— Il a besoin d'un ami. Comme tout le monde.

— Moi aussi, j'ai besoin d'un ami.

Je n'avais jamais dit ça avant. À l'hôpital, il n'y avait rien d'autre à faire que s'asseoir et se regarder dans le blanc des yeux. Aucun d'entre nous n'avait envie de parler.

J'ai décidé de partir. Ses parents m'ont accompagné dehors.

— Tu as le droit de savoir ce qu'il s'est passé, a dit Mme Quintana.

— Vous n'êtes pas obligée de me le dire.

— Je pense que tu devrais savoir. Une vieille femme a tout vu et a tout raconté à la police.

Je savais qu'elle ne pleurerait pas.

— Dante et un autre garçon s'embrassaient dans une ruelle. Des types sont passés par là et les ont vus. Et...

Elle a essayé de sourire.

— Eh bien, tu as vu ce qu'ils lui ont fait.

— Je les hais.

— Sam m'a dit que tu savais pour Dante.

— Il y a bien pire au monde qu'un garçon qui aime embrasser d'autres garçons.

— Oui, il y a pire. Je peux te dire quelque chose ?

Je lui ai souri et j'ai haussé les épaules.

— Je crois que Dante est amoureux de toi.

Dante avait raison. Elle *savait* tout.

— Oui. Enfin, peut-être pas. Je crois qu'il aime bien le type avec qui il était.

Sam m'a fixé.

— Peut-être que l'autre n'est qu'un substitut.

— Vous voulez dire : de moi ?

Il a eu un sourire étrange.

— Je suis désolé, je n'aurais pas dû dire ça.

— Ce n'est rien.

— C'est horrible. Je suis... Enfin, je me sens un peu perdu.

Mme Quintana nous regardait.

— Tu sais qui c'est ?

— Qui ?

— L'autre garçon.

— J'ai ma petite idée.

— Et ça ne te dérange pas ?

— Qu'est-ce que je suis censé faire ?

Même si ma voix se cassait, il était hors de question que je pleure. D'ailleurs, il n'y avait aucune raison de pleurer.

— Je ne sais pas quoi faire.

Je me suis tour à tour tourné vers Mme Quintana et vers Sam. Je voulais leur dire que je n'avais jamais eu de véritable ami, jusqu'à ce que je rencontre Dante. Qu'avant, je ne savais

pas que des gens comme lui existaient – des gens qui obser-
vaient les étoiles et les mystères de l'eau, qui savaient que les
oiseaux appartenaient au ciel et n'étaient pas faits pour être
abattus en plein vol. Qu'il avait changé ma vie et que je ne
serais plus jamais le même. Et qu'en un sens, c'était Dante qui
m'avait sauvé la vie et non le contraire. Qu'il était le premier
être humain (à part ma mère) à m'avoir donné envie de parler
de ce qui me faisait peur. Je voulais leur dire tant de choses,
mais je n'avais pas les mots. J'ai donc bêtement dit :

— Dante est mon ami.

Elle a presque souri, mais elle était trop triste.

— Tu es le garçon le plus adorable de la terre.

— Après Dante, ai-je fait.

— Après Dante, a-t-elle répété.

Ils m'ont accompagné jusqu'à mon pick-up. J'ai soudain
pensé à quelque chose.

— Qu'est-il arrivé à l'autre garçon ?

— Il a fui, a dit Sam.

— Et Dante ne s'est pas enfui ?

— Non.

C'est alors que Mme Quintana s'est effondrée.

— Pourquoi n'est-il pas parti en courant, Ari ? Pourquoi ?

— Parce que c'est Dante.

J'IGNORAIS QUE J'ALLAIS FAIRE CE QUE J'AI FAIT.

Je n'avais pas vraiment de plan. Parfois, on fait ce que l'on fait non pas parce qu'on y a pensé mais parce qu'on le sent. Quand on est trop affecté, on ne se contrôle pas toujours. Peut-être la différence entre les garçons et les hommes se traduisait-elle dans ces moments-là. Les hommes pouvaient se contrôler. Cet après-midi-là, je n'étais qu'un garçon. Qui est devenu fou.

Je suis monté dans mon pick-up et j'ai foncé au drugstore où travaillait Dante. J'ai repensé à notre conversation et je me suis souvenu du nom du type. Daniel. Je suis entré dans le drugstore. Il était là. Daniel. J'ai vu son badge. *Daniel G.* Le type que Dante voulait embrasser. Il se tenait derrière le comptoir.

— Je suis Ari.

Il m'a fixé d'un air paniqué.

— Je suis l'ami de Dante.

— Je sais.

— Je crois que tu devrais faire une pause.

— Je ne...

Je ne lui ai pas donné le temps de me sortir des excuses bidon.

— Je vais sortir et t'attendre dehors pendant exactement cinq minutes. Si tu ne me rejoins pas, je reviens et je te pète la gueule devant tout le monde.

Je suis sorti. J'ai attendu. Il m'a rejoint en moins de cinq minutes.

— Allons faire un tour.

— Je ne peux pas m'absenter trop longtemps.

Il m'a suivi.

Nous avons marché.

— Dante est à l'hôpital.

— Ah.

— Tu n'es pas allé lui rendre visite.

Il n'a rien répondu. Je voulais le passer à tabac, ici et maintenant.

— Tu ne réponds pas, espèce de connard.

— Qu'est-ce que tu veux que je dise ?

— Putain tu ne ressens rien ?

Il tremblait de peur. Je n'en avais rien à foutre.

— C'était qui ?

— De quoi tu parles ?

— Ne te fous pas de ma gueule.

— Tu ne le diras à personne, hein ?

Je l'ai chopé par le col, puis je l'ai lâché.

— Dante est dans un lit d'hôpital et la seule chose qui t'inquiète c'est que je raconte ce qu'il s'est passé à quelqu'un. À qui veux-tu que j'en parle, connard ? Dis-moi qui a fait ça.

— Je ne sais pas.

— Conneries. Tu me le dis tout de suite ou je t'explose.

— Je ne les connais pas tous.

— Combien ils étaient ?

— Quatre.

— Il me faut juste un nom.

— Julian faisait partie du groupe.

— Julian Enriquez ?

— Oui.

— Qui d'autre ?

— Joe Moncada.

— Qui d'autre ?

— Je ne connais pas les deux autres.

— Et tu as abandonné Dante ?

— Qu'est-ce que ça aurait changé si j'étais resté ?

— T'en avais rien à foutre ?

— Mais si.

— Mais tu n'es même pas revenu voir s'il allait bien, hein ?

— Non.

Il avait peur.

Je l'ai plaqué contre un mur et je suis parti.

Cinq

JE SAVAIS OÙ JULIAN ENRIQUEZ VIVAIT. EN primaire, je jouais au base-ball avec lui et ses frères. Mais nous ne nous étions jamais beaucoup aimés. J'ai tourné pendant quelque temps avant de me garer devant chez lui. J'ai frappé à sa porte. Sa petite sœur m'a ouvert.

— Salut, Ari.

Je lui ai souri. Elle était jolie.

— Salut, Lulu.

Ma voix était posée, presque amicale.

— Où est Julian ?

— Au travail.

— Où travaille-t-il ?

— Chez Benny, le carrossier.

— Il finit à quelle heure ?

— D'habitude, vers dix-sept heures.

— Merci.

Elle m'a souri.

— Tu veux que je lui dise que t'es passé ?

— Bien sûr.

La carrosserie Benny appartenait à M. Rodriguez, un ami de mon père. Ils étaient allés à l'école ensemble. Je savais parfaitement où elle se trouvait. Je me suis promené en attendant dix-sept heures. Quand il a été presque l'heure, je me suis garé au coin de la rue. Je ne voulais pas que M. Rodriguez me voie.

Il poserait des questions. Il appellerait mon père. Je ne voulais pas de questions.

Je suis descendu de ma camionnette et je me suis posté en face du garage. Je ne voulais pas rater Julian. Je lui ai fait signe dès qu'il est sorti.

Il a traversé la rue.

— Salut, Ari. Qu'est-ce que tu racontes ?

— Pas grand-chose.

J'ai pointé mon pick-up du doigt.

— Je me balade.

— C'est le tien ?

— Ouais.

— Jolies roues, mec.

— Tu veux jeter un coup d'œil ?

Il a passé sa main sur les pare-chocs chromés. Il s'est agenouillé et a regardé de près les jantes. Je l'ai imaginé donnant des coups de pied à Dante qui gisait à terre.

— Tu veux faire un tour ?

— J'ai des trucs à faire, mais plus tard si tu veux.

Je l'ai attrapé par le col et je l'ai relevé.

— Monte.

— Putain, qu'est-ce qui te prend ?

— Monte, ai-je répété en le balançant contre la camionnette.

— *Chingao, ese*. Putain, mais tu déconnes ?

Il m'a donné un coup de poing. C'était tout ce qu'il me fallait. Je lui ai décoché une droite. Son nez s'est mis à saigner. Au coup suivant, il était par terre. Je l'insultais. Je voyais flou. Je n'arrêtais pas de le frapper.

Puis j'ai entendu une voix et des bras m'ont enserré par-derrière. La voix me hurlait dessus et les bras étaient si forts que je ne pouvais plus bouger.

J'ai cessé de me débattre. Tout s'est figé.

M. Rodriguez me fixait d'un air incrédule.

— Mais qu'est-ce qu'il te prend, Ari ? *Que te pasa ?*

Je n'avais rien à dire. J'ai baissé les yeux.

— Ari ? *Dime.*

Je ne pouvais pas parler.

J'ai regardé M. Rodriguez se baisser et aider Julian à se lever. Son nez saignait encore.

— Je vais te tuer, Ari.

— Mais ouais, vas-y !

M. Rodriguez m'a lancé un regard noir. Il s'est tourné vers Julian.

— Viens, je vais te soigner.

Je me suis dirigé vers mon pick-up. M. Rodriguez m'a crié :

— T'as de la chance que je n'appelle pas les flics.

— Allez-y ! Appelez-les. Je m'en fous. Mais avant, demandez à Julian ce qu'il a fait hier.

Je suis monté dans ma camionnette et je suis parti.

Six

JE N'AI REMARQUÉ LE SANG SUR MA CHEMISE
et mes poings qu'en rentrant à la maison.

Je me suis assis sur la terrasse.

Je n'avais pas de plan. Alors je me suis assis. J'aurais pu rester
là jusqu'à la fin des temps. C'était ça mon plan.

Je me suis mis à trembler. Je savais que j'avais perdu la tête,
mais je ne pouvais pas me l'expliquer. Peut-être que c'est ce
qu'il se passe lorsque l'on devient fou. On ne peut pas se l'expliquer. Le pire, c'est qu'une fois qu'on recouvre la raison, on ne
sait plus quoi penser de soi.

Mon père est sorti de la maison. Je n'ai pas aimé son regard.

— Je dois te parler.

Il ne m'avait jamais dit ça. Le ton de sa voix m'a effrayé.

Il s'est assis à côté de moi.

— Je viens de recevoir un appel de M. Rodriguez.

Je n'ai rien dit.

— Qu'est-ce qu'il t'arrive, Ari ?

— Je ne sais pas. Rien.

— Rien ?

Mon père était en colère.

J'ai regardé ma chemise tachée de sang.

— Je vais prendre une douche.

Mon père m'a suivi à l'intérieur.

— Ari !

Ma mère était dans le couloir. Je me suis arrêté net et j'ai baissé la tête. Je tremblais de tout mon corps.

Mon père m'a saisi par le bras, pas méchamment mais pas doucement non plus. Il était fort. Il m'a entraîné vers le salon et m'a fait asseoir sur le canapé. Ma mère s'est installée à côté de moi, lui dans son fauteuil. J'étais assommé.

— Parle, a dit mon père.

— Je voulais lui faire mal.

— Ari ?

Ma mère me regardait d'un air incrédule. Pourquoi ne pouvait-elle pas croire que je puisse vouloir faire du mal à quelqu'un ?

Je me suis tourné vers elle.

— Je voulais lui faire mal.

— Un jour, ton frère a fait du mal à quelqu'un, a murmuré ma mère.

Puis elle s'est mise à pleurer. Je ne pouvais pas le supporter. Je me détestais.

— Ne pleure pas, maman. Je t'en prie.

— Pourquoi, Ari ? Pourquoi ?

— Tu lui as cassé le nez, Ari. La seule raison pour laquelle tu n'es pas au commissariat c'est qu'Elfigo Rodriguez est un vieil ami de ton père. Nous allons devoir payer ses frais médicaux. Tu vas devoir les payer, Ari.

Je n'ai rien répondu. Je savais ce qu'ils pensaient. *D'abord ton frère, maintenant toi.*

— Je suis désolé, ai-je dit, mais mes mots me paraissaient ridicules.

Une partie de moi n'était pas désolée, voire se réjouissait d'avoir cassé le nez de Julian. J'étais seulement désolé d'attrister ma mère.

— Tu es désolé, Ari ?

Mon père était furieux. Et froid.

Moi aussi.

— Je ne suis *pas* mon frère. Je déteste que tu penses ça. Je déteste vivre dans cette p…

Je me suis censuré devant ma mère.

— Je déteste vivre dans son ombre. Je ne supporte plus de devoir être un bon petit garçon pour vous faire plaisir.

Ils n'ont rien dit.

Mon père me fixait.

— Je vends ton pick-up.

J'ai acquiescé.

— Vas-y. Vends-le.

Ma mère avait arrêté de pleurer. Elle avait un air étrange. Ni doux ni sévère, étrange.

— Je veux que tu m'expliques pourquoi, Ari.

J'ai soupiré.

— OK. Et vous m'écouterez ?

— Évidemment, a dit mon père d'une voix ferme.

Je les ai regardés l'un après l'autre. Puis j'ai baissé les yeux.

— Ils ont frappé Dante. Vous n'avez même pas idée de l'état dans lequel il est. Vous devriez voir son visage. Ils lui ont cassé des côtes. Ils l'ont abandonné par terre, comme un chien. Comme un sac-poubelle. Comme une merde. Et s'il était mort, ils s'en seraient fichus.

Je me suis mis à pleurer.

— Vous voulez que je parle ? Vous voulez que je vous raconte. D'accord. Il embrassait un garçon.

J'ai arrêté de pleurer. J'étais fou de rage.

— Ils étaient quatre. L'autre garçon est parti en courant. Mais pas Dante. Parce qu'il est comme ça. Il ne fuit jamais.

J'ai regardé mon père.

Il n'a pas dit un mot.

Ma mère s'était rapprochée de moi. Elle passait ses doigts dans mes cheveux.

— J'ai tellement honte. Je voulais leur faire mal à mon tour.

— Ari ?

La voix de mon père était douce.

— Ari, Ari, Ari. Tu mènes ton combat de la pire façon qui soit.

— Je ne sais pas comment m'y prendre, papa.

— Tu devrais demander de l'aide.

— Je ne sais pas faire ça non plus.

Sept

LE TEMPS QUE JE PRENNE MA DOUCHE, MON PÈRE
était parti.

Ma mère était dans la cuisine. L'enveloppe kraft avec le nom
de mon frère écrit dessus était posée sur la table. Ma mère
buvait un verre de vin.

Je me suis assis en face d'elle.

— Maman, je ne suis ni un ange ni un saint. Je suis juste
Ari. Ari le dingue.

— Je t'interdis de dire ça.

— Mais c'est vrai.

— Pas du tout.

Sa voix était forte et posée.

— Tu n'es pas dingue. Tu es gentil, bon et honnête.

Elle a bu une gorgée de vin.

— J'ai fait du mal à Julian.

— Ce n'était pas très intelligent de faire ça.

— Et pas très gentil.

Elle a presque ri.

— Pas gentil du tout.

Elle a passé la main sur l'enveloppe.

— Je suis désolée.

Elle l'a ouverte et en a sorti une photographie.

— C'est toi. Avec Bernardo.

Elle m'a tendu la photo. J'étais enfant, mon frère me portait dans ses bras. Il était beau, il souriait et je riais.

— Tu l'aimais tellement. Je suis navrée. Comme j'ai dit, Ari, on ne prend pas toujours les bonnes décisions. On ne dit pas toujours ce qu'il faudrait non plus. Parfois, cela paraît trop douloureux de regarder certaines choses. Alors, on ne les regarde pas. Mais elles ne s'effacent pas pour autant.

Elle m'a indiqué l'enveloppe.

— Tout est là.

Elle ne pleurait pas.

— Il a tué quelqu'un. Il l'a tué de ses poings.

Elle a eu le sourire le plus triste qui soit.

— Je ne l'avais jamais dit.

— Tu souffres beaucoup ?

— Beaucoup, Ari. Même après toutes ces années.

— Ça te fera toujours mal ?

— Toujours.

— Comment le supportes-tu ?

— Je ne sais pas. Tout le monde doit supporter quelque chose. Ton père doit supporter la guerre et ce qu'elle lui a fait. Toi, la difficulté de devenir un homme. Ça t'est douloureux, n'est-ce pas, Ari ?

J'ai hoché la tête.

— Je dois supporter ton frère, ce qu'il a fait, la honte et son absence.

— Ce n'est pas ta faute, maman.

— Je crois que les mères se sentent toujours responsables. Les pères aussi.

— Maman ?

J'ai essayé de lui sourire.

— Je ne savais pas que je pouvais t'aimer autant.

Soudain, son sourire n'était plus triste.

— *Hijo de mi corazon*, je vais te confier un secret. Tu m'aides à surmonter ma tristesse.

— Ne dis pas ça, maman. Je ne peux que te décevoir.

— Non, *amor*. Ça n'arrivera jamais.

— Et aujourd'hui ? Je t'ai fait du mal.

— Non. Je crois que je comprends.

À sa façon de le dire, c'était comme si, soudain, elle me connaissait vraiment. Cela m'a perturbé.

— Qu'est-ce que tu comprends, maman ?

Elle a poussé l'enveloppe vers moi.

— Tu vas regarder ce qu'elle contient ?

— Oui.

— Tu as peur ?

— Non. Oui. Je ne sais pas.

J'ai passé mon doigt sur le nom de mon frère. Nous sommes demeurés silencieux pendant ce qui m'a paru un long moment.

Elle buvait son verre de vin et je regardais les photos.

Mon frère bébé, mon frère dans les bras de mon père, mon frère avec mes sœurs.

Mon frère assis sur les marches de la maison.

Mon frère, enfant, saluant mon père en uniforme.

Mon frère, mon frère.

Ma mère me regardait. C'était vrai. Je ne l'avais jamais autant aimée.

Huit

— OÙ EST PARTI PAPA ?

— Il est allé voir Sam.

— Pourquoi ?

— Il voulait simplement lui parler.

— De quoi ?

— De ce qu'il s'est passé. Ils sont amis, tu sais, Sam et ton père.

— C'est intéressant. Papa est plus vieux.

Elle a souri.

— Et alors ?

— Oui. Et alors ?

Neuf

— JE PEUX L'ENCADRER ET L'ACCROCHER DANS ma chambre ?

C'était une photo de mon frère saluant mon père.

— Oui, a répondu ma mère. Je l'adore.

— Est-ce qu'il a pleuré quand papa est parti au Vietnam ?

— Pendant des jours. Il était inconsolable.

— Tu avais peur que papa ne revienne pas ?

— Je faisais tout pour ne pas y penser. (Elle a ri.) Je suis douée pour ça.

— Moi aussi. Et moi qui pensais que j'avais hérité ce trait de caractère de papa.

Nous avons gloussé.

— Ari, ça t'embête si on la met plutôt dans le salon ?

C'est ainsi que mon frère a fait sa réapparition dans notre maison.

Il arrivait que ma mère nous écoute, mon père et moi, parler de Bernardo. Mais elle ne disait jamais un mot.

Je l'aimais pour son silence.

Ou peut-être que je le comprenais.

Et j'aimais aussi mon père, pour la manière attentionnée dont il parlait. J'ai découvert qu'il était un homme prévenant. Faire attention aux autres en choisissant ses mots, c'était une attitude rare et magnifique.

Dix

J'AI RENDU VISITE À DANTE CHAQUE JOUR
pendant les quatre jours qu'il a passés à l'hôpital. À la suite de
sa commotion cérébrale, les médecins voulaient s'assurer que
tout allait bien.

Il avait mal aux côtes.

Elles mettraient du temps à guérir, mais elles n'étaient pas
cassées. Ça aurait pu être pire. Les bleus se résorberaient tout
seuls.

Interdiction de nager. Il ne pouvait pas faire grand-chose.
Seulement rester allongé, ce qu'il appréciait beaucoup.

Il était différent. Plus triste.

Le jour de sa sortie de l'hôpital, il a pleuré. Je l'ai pris dans
mes bras. J'ai eu l'impression qu'il ne s'arrêterait jamais.

Je savais qu'il ne serait plus le même.

Ces types avaient fêlé plus que ses côtes.

Onze

— TU VAS BIEN, ARI ?

Mme Quintana me dévisageait exactement comme ma mère le faisait. J'étais assis à la table de cuisine des parents de Dante, face à eux. Dante dormait. Parfois, quand il avait trop mal aux côtes, il prenait un cachet qui le faisait dormir.

— Oui, ça va.

— Tu es sûr ?

— Vous croyez que je devrais voir un thérapeute ?

— Il n'y a rien de mal à ça, Ari.

— Vous parlez comme une thérapeute.

Mme Quintana a secoué la tête.

— C'est depuis que tu fréquentes mon fils que tu fais ton monsieur je-sais-tout.

J'ai ri.

— Je vais bien. Pourquoi ça n'irait pas ?

Les Quintana se sont regardés.

Je savais que mon père avait discuté avec Sam. Je savais qu'ils savaient ce que j'avais fait.

— Tu sais qui sont les garçons qui ont attaqué Dante, n'est-ce pas ?

Mme Quintana avait retrouvé son ton strict.

— Je connais les noms de deux d'entre eux.

— Et les deux autres ?

J'ai décidé de faire une blague.

— Je parie que je peux les faire parler.

Mme Quintana a ri ; ce qui m'a surpris.

— Ari, tu es fou.

— Un peu, je crois.

— Tu aurais pu te mettre dans un sacré pétrin.

— C'était une erreur, je le sais. Mais je l'ai fait. Je ne peux pas l'expliquer. Ils ne vont jamais être inquiétés, n'est-ce pas ?

— Peut-être pas.

— Je doute que les flics fassent une vraie enquête, ai-je insisté.

— Je me fous de ces types, Ari.

Sam me regardait droit dans les yeux.

— Tout ce qui m'intéresse, c'est Dante. Et toi.

— Je vais bien.

— Tu es sûr ?

— Certain.

— Et tu ne vas pas t'en prendre à ces garçons, n'est-ce pas ?

— L'idée m'est passée par la tête.

Cette fois-ci, Mme Quintana n'a pas ri.

— Je le promets.

— Tu vaux mieux que ça.

J'avais tellement envie de la croire.

— Mais je ne payerai pas les frais médicaux de Julian.

— Tu l'as dit à ton père ?

— Pas encore. Mais je vais simplement lui expliquer que si ces bât... Si ces types ne sont pas obligés de payer les frais d'hospitalisation de Dante, alors je n'ai pas à payer pour ceux de Julian. Si mon père veut me supprimer mon pick-up, qu'il le fasse.

Mme Quintana a eu un petit sourire satisfait.

— Tiens-moi au courant.

— D'ailleurs, Julian peut appeler les flics. Je m'en fiche.

C'était à mon tour d'arborer un petit sourire supérieur.

— Vous pensez qu'il va le faire ?

— Tu es sacrément débrouillard, Ari, a dit Sam.

— Ouais, je me débrouille.

Douze

MON PÈRE N'A PAS DISCUTÉ MA DÉCISION DE ne pas payer les frais médicaux de Julian. Il a simplement fait remarquer :

— Tu as donc décidé de régler ça à l'amiable.

Il hochait la tête d'un air pensif.

— Sam a parlé à la vieille dame. Elle ne pourrait pas les reconnaître.

Le père de Julian est venu discuter avec mon père. Il n'avait pas l'air ravi en partant.

Mon père ne m'a pas confisqué mon pick-up.

Treize

DANTE ET MOI N'AVIONS PAS GRAND-CHOSE À nous dire. Je lui lisais des poèmes. Parfois, il disait : « Relis celui-ci » et je m'exécutais. Je ne sais pas ce qui clochait entre nous en cette fin d'été. En un sens, je n'avais jamais été aussi proche de lui. En même temps jamais aussi éloigné.

Aucun d'entre nous n'a repris le travail. J'imagine qu'après tous ces événements cela semblait inutile.

Un jour, j'ai fait une mauvaise blague.

— Pourquoi chaque été se termine toujours avec l'un de nous deux immobilisé ?

Un matin, je lui ai montré toutes les photos de mon frère. Je lui ai aussi raconté ce que je savais de l'affaire d'après les articles de journaux que j'avais trouvés et les informations divulguées par mon père.

— Mon frère avait quinze ans. Il était en colère contre le monde entier. D'après mes sœurs, il était tout le temps en colère. Un soir, il errait dans les rues et cherchait la bagarre. Mon père m'a dit qu'il cherchait constamment les ennuis. Enfin bref, il a ramassé une prostituée.

— Où avait-il trouvé l'argent ?

— Je ne sais pas. C'est quoi cette question ?

— À quinze ans, tu avais de l'argent pour payer une prostituée ?

— Quand j'avais quinze ans ? Ce n'était pas il y a

si longtemps. J'avais à peine de quoi m'acheter une barre chocolatée.

— C'est bien ce que je dis.

Je lui ai fait les gros yeux.

— Je peux terminer ?

— Pardon.

— En fait, la prostituée était un homme.

— Quoi ?

— C'était un travesti.

— Ouah.

— Ouais. Là, mon frère est devenu fou.

— Comment ça ?

— Il a tué le mec de ses propres mains.

— Mon Dieu, a fait Dante.

— Ouais. Mon Dieu.

Nous sommes restés silencieux un bon moment.

Finalement, j'ai levé les yeux vers Dante.

— Tu savais ce que c'était, un travesti ?

— Oui. Évidemment. Tu ne savais pas ?

— Comment je le saurais ?

— Tu es vraiment innocent, Ari. Tu t'en rends compte ?

— Pas si innocent que ça. L'histoire devient encore plus triste.

— Je ne vois pas comment ça peut être pire.

— Il a tué quelqu'un d'autre.

Dante n'a pas dit un mot. Il attendait que je termine.

— Il était dans une prison pour mineurs. Un jour, il a probablement joué des poings de nouveau.

— Je suis navré, Ari.

— Personne n'y peut rien. Mais ça va. Enfin, pas mon frère. Je ne sais pas s'il ira bien un jour. Mais c'est bien que je sache. Que tout soit clair.

J'ai pris une profonde inspiration.

— Peut-être qu'un jour je le rencontrerai.

Dante m'observait.

— J'ai l'impression que tu vas pleurer.

— Non, mais c'est vraiment triste. Et tu sais quoi ? Je crois que je suis comme lui.

— Parce que tu as cassé le nez de Julian Enriquez ?

— T'es au courant ?

— Ouais.

— Pourquoi tu ne me l'as pas dit ?

— Pourquoi *toi* tu ne m'as rien dit, Ari ?

— Je ne suis pas fier de moi.

— Pourquoi as-tu fait ça ?

— Je ne sais pas. Il t'a fait du mal, je voulais lui en faire à mon tour. C'est aussi bête que ça.

Je l'ai regardé.

— Tes cocards ont presque disparu.

— Presque.

— Comment vont tes côtes ?

— Mieux. Certaines nuits, j'ai du mal à dormir, alors je prends un antidouleur. Mais je préfère éviter.

— Tu ferais un mauvais drogué.

— Peut-être pas. J'ai beaucoup aimé fumer de l'herbe.

— Ta mère devrait t'interviewer pour le livre qu'elle écrit.

— Elle m'a déjà pris la tête.

— Comment elle a su ?

— Je n'arrête pas de te le dire : elle est comme Dieu, elle sait tout.

Je n'ai pas pu me retenir de rire. Dante non plus. Mais il avait mal quand il riait.

— Tu n'es pas comme ton frère.

— Je ne sais pas, Dante. Parfois, je me dis que je ne me comprendrai jamais. Je ne suis pas comme toi. Tu sais exactement qui tu es.

— Pas toujours. Je peux te poser une question ?

— Bien sûr.

— Ça t'a dérangé que j'embrasse Daniel ?

— Daniel est un connard.

— Non. Il est gentil. Et beau.

— Il est beau ? C'est tout ? C'est un connard, Dante. Il t'a abandonné.

— On dirait que tu te sens plus concerné que moi.

— Eh bien, tu devrais te sentir plus concerné.

— Toi, tu ne serais pas parti, n'est-ce pas ?

— Non.

— Je suis content que tu aies cassé le nez de Julian.

Nous avons ri.

— Daniel ne tient pas à toi.

— Il a eu peur.

— Et alors ? Tout le monde a peur.

— Pas toi, Ari. Tu n'as peur de rien.

— Ce n'est pas vrai. Mais je ne les aurais pas laissés te faire ça.

— Peut-être que tu aimes te battre.

— Peut-être.

Dante ne me quittait pas des yeux.

— Je peux te confier un secret, Ari ?

— Je ne peux pas t'en empêcher.

— En fait, je n'embrassais pas Daniel. Dans ma tête, c'était toi que j'embrassais.

J'ai haussé les épaules.

— Tu ferais bien de changer de tête, Dante.

Il a eu l'air triste.

Quatorze

JE ME SUIS LEVÉ AVANT LE SOLEIL. C'ÉTAIT LA deuxième semaine d'août. L'été se terminait. Du moins le lycée reprenait.

Plus que cette dernière année avant la vraie vie.

Je me suis assis sur mon lit et j'ai passé mes doigts sur les cicatrices qui couraient sur mes jambes. Les cicatrices. Le signe qu'on avait été blessé et qu'on avait guéri.

Avais-je été blessé ?

Avais-je guéri ?

Peut-être vivons-nous constamment dans un état entre la blessure et la guérison. Comme mon père. Je crois qu'il vivait dans cet espace. Dans cet écotone. Ma mère aussi. Elle avait enfermé mon frère quelque part au fond d'elle. Et maintenant elle essayait de le faire sortir.

Legs était allongée près de moi. Elle me regardait. *Que vois-tu, Legs ? Que vois-tu ? Où vivais-tu avant notre rencontre ? Quelqu'un t'a-t-il fait du mal à toi aussi ?*

Qu'adviendrait-il de moi après le lycée ? Irais-je à l'université ? Peut-être que je déménagerais dans une autre ville. Les étés y seraient peut-être différents.

Quinze

— QU'EST-CE QUE TU AIMES , ARI ? QU'EST-CE QUE tu aimes vraiment ?

   — J'aime le désert. Mon Dieu, je l'aime tellement.

   — Mais on s'y sent très seul.

   — Vraiment ?

Dante ne comprenait pas. J'étais incompréhensible.

Seize

JE SUIS ALLÉ À LA PISCINE DÈS L'OUVERTURE afin de pouvoir faire quelques longueurs tranquillement avant l'arrivée de la foule. Les maîtres nageurs parlaient de filles. Ils m'ont ignoré. Je les ai ignorés.

J'ai nagé jusqu'à ce que mes jambes et mes poumons me fassent mal. Je sentais l'eau glisser sur ma peau. J'ai repensé au jour où j'avais rencontré Dante. « Si tu veux, je t'apprends à nager. » Sa voix haut perchée était devenue plus grave. La mienne aussi. Ma mère m'avait dit : « Tu parles comme un homme. » Il était plus facile de parler comme un homme que d'en être un.

En sortant du bassin, j'ai remarqué qu'une fille m'observait. Elle m'a souri.

— Salut.

Je lui ai fait un signe de la main.

— Salut. Tu vas au lycée à Austin ?

— Oui.

Je crois qu'elle voulait continuer à discuter, mais je ne savais pas quoi lui dire.

— T'es en quelle année ? m'a-t-elle demandé.

— Dernière.

— Moi je suis en seconde.

— Tu fais plus âgée.

Elle a souri de nouveau.

— Bon, ben, salut, ai-je fait.

— Salut.

Quel crétin.

J'ai marché jusque chez Dante. J'ai frappé à la porte. Sam m'a ouvert.

— Bonjour, ai-je dit.

Il avait l'air détendu et heureux.

— Bonjour, Ari. Où est Legs ?

— À la maison.

J'ai pris la serviette que j'avais sur l'épaule.

— Je suis allé nager.

— Dante va être jaloux.

— Comment va-t-il ?

— Bien. De mieux en mieux, en fait. Ça fait longtemps qu'on ne t'a pas vu. Tu nous as manqué.

Il m'a fait entrer.

— Il est dans sa chambre.

Il a hésité un instant.

— Il a de la compagnie.

— Oh. Je peux repasser plus tard.

— Ne t'en fais pas, monte.

— Je ne veux pas le déranger.

— Ne sois pas idiot.

— Je peux repasser. Pas de problème. Je rentrais juste de la piscine…

— Ce n'est que Daniel.

— Daniel ?

J'ai changé d'expression.

— Tu ne l'aimes pas beaucoup, n'est-ce pas ?

— Il a laissé tomber Dante.

— Ne sois pas si dur avec les gens, Ari.

Sa remarque m'a mis en colère.

— Vous direz à Dante que je suis passé.

Dix-sept

— MON PÈRE M'A DIT QUE TU T'ÉTAIS ÉNERVÉ.

— Mais non, pas du tout.

La porte de la maison était ouverte et Legs aboyait après un chien qui passait.

— Une minute. Legs ! Tais-toi !

J'ai emporté le téléphone dans la cuisine et je me suis assis à la table.

— Écoute, je n'étais pas fâché.

— Je crois que mon père sait faire la distinction.

— OK. Et puis, merde, qu'est-ce que ça peut faire ?

— Tu vois. Tu es en colère.

— Je n'étais pas d'humeur à voir ton ami Daniel.

— Qu'est-ce qu'il t'a fait ?

— Rien. Je ne l'aime pas, c'est tout.

— Pourquoi ?

— Ce salaud t'a laissé pour mort, Dante.

— On en a parlé. C'est oublié.

— Bon, très bien.

— Tu te comportes bizarrement.

— Dante, parfois, tu me fais vraiment chier.

— Écoute. On va à une fête, ce soir. J'aimerais bien que tu viennes.

— Je te dirai plus tard.

J'ai raccroché.

Je suis descendu au sous-sol et j'ai levé des poids pendant deux heures, jusqu'à ce que tout mon corps me fasse mal.

La douleur n'était pas si terrible.

J'ai pris une douche et je me suis allongé sur mon lit. J'ai dû m'endormir. À mon réveil, Legs avait la tête posée sur mon ventre. J'ai entendu la voix de ma mère.

— Tu as faim ?

— Non. Pas vraiment.

— Tu es sûr ?

— Oui. Quelle heure est-il ?

— Dix-huit heures trente.

— Eh ben, je devais être fatigué.

Elle m'a souri.

— C'est peut-être à cause de tout l'exercice que tu as fait.

— J'imagine.

— Quelque chose ne va pas ?

— Non.

— Tu es sûr ?

— Je suis juste fatigué.

— Tu y es allé un peu fort avec les poids, non ?

— Je ne trouve pas.

— J'ai remarqué que quand tu es énervé, tu fais de la musculation.

— Encore une de tes théories, maman ?

— C'est plus qu'une théorie, Ari.

Dix-huit

— DANTE A APPELÉ.

Je n'ai pas répondu.

— Tu vas le rappeler ?

— Bien sûr.

— Tu sais que ça fait quatre jours que tu traînes à la maison à broyer du noir ?

— Ce n'est pas vrai. J'ai aussi lu. Et pensé à Bernardo.

— Vraiment ?

— Oui.

— Et alors ?

— Je crois que je vais lui écrire.

— Il a renvoyé toutes mes lettres.

— Ah oui ? Peut-être qu'il ne renverra pas les miennes.

— Ça vaut le coup d'essayer.

— Tu as arrêté de lui écrire ?

— Oui, Ari. Ça me faisait trop de mal.

— Je comprends.

— N'espère pas trop, Ari, OK ? Une fois, ton père est allé lui rendre visite et ton frère a refusé de le voir.

— Est-ce qu'il vous déteste, papa et toi ?

— Non, je ne crois pas. Je pense qu'il est en colère contre lui-même. Et qu'il a honte.

— Il devrait tourner la page.

Je ne sais pas pourquoi, mais j'ai donné un coup de poing dans le mur.

Ma mère m'a regardé, sidérée.

— Désolé. Je ne sais pas pourquoi j'ai fait ça.

— Ari ?

— Quoi ?

Elle avait un air sérieux, inquiet.

— Qu'est-ce qui ne va pas ?

— J'ai comme l'impression que tu as une nouvelle théorie à mon sujet.

— Tu peux en être sûr.

Sa voix était douce et attentionnée. Elle s'est levée et s'est servi un verre de vin. Elle a sorti deux bières et en a posé une devant moi et l'autre au milieu de la table.

— Ton père est en train de lire. Je vais le chercher.

— Que se passe-t-il, maman ?

— Réunion familiale.

— Réunion familiale ?

— C'est nouveau, ça vient de sortir. À partir d'aujourd'hui, nous en ferons souvent.

— Tu me fais peur.

— Tant mieux.

Elle est sortie de la cuisine. J'ai fixé la bière devant moi. Je ne savais pas si je devais me contenter de la regarder ou si je pouvais la boire. Peut-être était-ce un piège. Mes parents sont entrés dans la cuisine. Ils se sont assis en face de moi. Mon père a décapsulé sa bière, puis la mienne. Il a bu une gorgée.

— Vous vous êtes ligués contre moi ?

— Relax, a dit mon père.

Il a bu une autre gorgée.

— Tu ne veux pas boire une bière avec tes parents ?

— Non, pas vraiment. C'est contraire aux règles.

— Nouvelles règles, a rétorqué ma mère.

— Boire une bière avec ton vieux père ne te fera pas de mal. Ce n'est pas la première que tu bois. Où est le problème ?

— C'est très bizarre.

J'ai bu une gorgée de bière.

Mon père avait l'air grave.

— Est-ce que je t'ai déjà parlé du Vietnam ?

— Ah oui, ai-je répondu avec un cynisme non dissimulé. Je pensais justement à toutes ces histoires de guerre que tu m'as racontées.

— Celle-là, je ne l'ai pas volée, a dit mon père en me serrant la main. Nous étions au nord de Da Nang.

— Da Nang. C'est là que tu étais posté ?

— C'était mon chez-moi loin de chez moi.

Il a fait un sourire en coin.

— Nous étions en mission de reconnaissance. Depuis quelques jours, tout était calme. C'était la mousson. Bon sang, je détestais cette pluie ininterrompue. Nous précédions un convoi. La zone avait été sécurisée. Nous devions nous assurer que la côte était sûre. Ç'a été l'enfer sur terre. Les balles fusaient de tous les côtés. Des grenades explosaient. Nous étions pris dans une embuscade. Ce n'était pas la première fois, mais là, c'était différent. Ça tirait de partout. Il valait mieux battre en retraite. Beckett a appelé pour qu'un hélicoptère vienne nous sortir de là. Il y avait un type. Très gentil. Très jeune. Dix-neuf ans. Bon sang, ce n'était qu'un enfant.

Mon père a secoué la tête.

— Il s'appelait Louie. Un cajun de Lafayette.

Des larmes coulaient sur ses joues. Il a bu un peu de bière.

— Nous avions ordre de ne pas abandonner nos blessés. C'est la règle. On n'abandonne pas un mourant.

Ma mère faisait tout pour ne surtout pas pleurer.

— Je me souviens d'avoir couru vers l'hélicoptère. Louie était juste derrière moi. Les balles sifflaient. J'ai cru que j'allais mourir. Louie s'est écroulé. Il a crié mon nom. Je voulais y retourner. Tout ce dont je me souviens, c'est Beckett me tirant dans l'hélicoptère. Je ne m'étais pas rendu compte que j'avais été blessé. Nous avons laissé Louie là.

Il s'est effondré, en larmes, la tête dans ses bras pliés. Le cri de douleur d'un homme est similaire à celui d'un animal blessé. J'avais le cœur brisé. Pendant toutes ces années, j'avais voulu qu'il me parle de la guerre et maintenant je ne supportais pas sa douleur, intacte après toutes ces années.

— Ari, je ne sais pas si j'étais d'accord avec cette guerre. Je ne crois pas. Mais je me suis engagé. Je ne sais pas ce que je ressentais pour ce pays, mais je sais que ma patrie, c'était les hommes aux côtés desquels je me suis battu. Louie, Beckett, Garcia, Al et Gio. Je ne suis pas fier de tout ce que j'ai fait pendant la guerre. Je n'ai pas toujours été un bon soldat. Ni un homme bien. La guerre ne m'a pas laissé indemne et les hommes que nous avons abandonnés sur le champ de bataille peuplent toujours mes rêves.

J'ai bu ma bière. Mon père, la sienne. Ma mère, une gorgée de vin. Nous sommes restés silencieux pendant un bon moment.

— Parfois, je l'entends, a repris mon père. Louie. Je l'entends crier mon nom. Je ne suis pas allé le chercher.

— Tu te serais fait tuer.

— Peut-être. Mais je n'ai pas fait mon devoir.

— Non, ne parle pas comme ça, papa.

Ma mère s'est penchée, a passé ses mains dans mes cheveux, essuyé mes larmes.

— Il est peut-être temps que ces rêves s'arrêtent.

Il a posé sa main sur l'épaule de ma mère.

— Tu ne crois pas, Lilly ?

Ma mère n'a pas dit un mot.

Mon père m'a souri.

— Il y a quelques minutes, ta mère est entrée dans le salon et m'a ôté des mains le livre que je lisais. Elle m'a dit : « Parle-lui, Jaime », de son ton fasciste.

Ma mère a pouffé.

— Ari, il est temps que tu arrêtes de fuir.

Je l'ai regardé.

— Fuir quoi ?

— Tu ne le sais pas ?

— Quoi ?

— Si tu continues à fuir, ça te tuera.

— De quoi tu parles, papa ?

— De Dante et toi.

— Dante et moi ?

J'ai interrogé ma mère du regard. Puis je me suis tourné vers mon père.

— Dante est amoureux de toi. C'est évident. Il ne se le cache pas.

— Je ne peux pas l'empêcher de ressentir ce qu'il ressent, papa.

— C'est vrai.

— En plus, je crois qu'il est avec ce mec, Daniel.

Mon père a hoché la tête.

— Ari, le problème n'est pas que Dante soit amoureux de toi. Le vrai problème, en tout cas pour toi, c'est que tu es amoureux de lui.

Je suis resté muet, à les regarder.

Je ne savais pas quoi dire.

— Je ne crois pas… Enfin, je veux dire, je ne pense pas. Enfin, je…

— Ari, je sais ce que je vois. Tu lui as sauvé la vie. À ton avis, pourquoi ? Je pense que c'est parce que tu ne pouvais pas supporter l'idée de le perdre. Pourquoi risquer ta propre vie pour sauver Dante si tu ne l'aimes pas ?

— Parce qu'il est mon ami.

— Et pourquoi as-tu cassé le nez d'un type qui l'a frappé ? Tous tes actes montrent que tu aimes ce garçon.

Je fixais la table.

— Je crois que tu l'aimes plus que tu ne peux le supporter.

— Mais enfin, papa, pourquoi tu dis une chose pareille ?

— Parce que je ne veux plus te voir si seul. Parce que je t'aime, Ari.

Mes parents me regardaient pleurer. J'ai eu l'impression que je ne m'arrêterais jamais. Mais j'ai fini par sécher mes larmes.

— Papa, je crois que je préférais quand tu ne parlais pas.

Ma mère a éclaté de rire. J'adorais son rire. Puis mon père a ri. Et moi aussi.

— Que faire ? J'ai tellement honte.

— Honte de quoi ? a dit ma mère. D'aimer Dante ?

— Je suis un mec, c'est un mec. Les choses ne sont pas censées se passer comme ça, maman…

— Je sais. Ophelia m'a beaucoup appris. Et ton père a raison. Tu ne peux pas fuir Dante.

— Je me déteste.

— Surtout pas, *amor*. *Te adoro*. J'ai déjà perdu un fils. Je n'en perdrai pas un autre. Contrairement à ce que tu ressens, tu n'es pas seul, Ari. Nous t'aimons tellement.

— Qu'est-ce que je vais faire ?

La voix de mon père était douce.

— Dante ne s'est pas enfui. Je n'arrête pas de l'imaginer, encaissant tous ces coups. Mais malgré tout, il ne s'est pas enfui.

— OK.

Pour la première fois de ma vie, je comprenais parfaitement mon père.

Et lui me comprenait.

Dix-neuf

— DANTE ?

— Ça fait cinq jours que j'essaie de te joindre.

— J'ai la grippe.

— Trop mauvaise, ta blague. Je t'emmerde, Ari.

— Pourquoi es-tu si énervé, Dante ?

— Pourquoi es-*tu* si énervé ?

— Je ne suis plus en colère.

— C'est peut-être mon tour.

— OK. Je comprends. Comment va Daniel ?

— T'es vraiment un enfoiré, Ari.

— Non. C'est Daniel l'enfoiré.

— Il ne t'aime pas.

— Moi non plus. Alors, c'est ton nouveau meilleur ami ?

— Ça risque pas.

— Vous vous embrassez ?

— Qu'est-ce qui te prend ?

— Je demande, c'est tout.

— Je ne veux pas l'embrasser. C'est un égoïste prétentieux. Il n'est même pas intelligent. Et ma mère ne l'aime pas.

— Et Sam ?

— Mon père ne compte pas. Il aime tout le monde.

J'ai pouffé de rire.

— Ne ris pas. Pourquoi étais-tu si énervé ?

— On peut en parler, si tu veux.

353

— Mais bien sûr. Comme si tu étais doué pour ça.

— Arrête, Dante.

— D'accord.

— Bon. Qu'est-ce qu'on fait ce soir ?

— Nos parents font un bowling.

— Ah bon ?

— Ils parlent beaucoup.

— Ah bon ?

— Tu n'es pas au courant ?

— Je crois qu'il m'arrive de me tenir un peu à l'écart.

— Un peu ?

— Je fais de mon mieux, Dante.

— Excuse-toi. Je n'aime pas les gens qui ne savent pas s'excuser.

— OK. Je m'excuse.

— OK.

J'ai sentis qu'il souriait.

— Ils veulent qu'on vienne.

— Au bowling ?

Vingt

DANTE M'ATTENDAIT SUR LA TERRASSE.

Il a dévalé les marches et sauté dans mon pick-up.

— Ça m'a l'air chiant, le bowling.

— Tu y es déjà allé ?

— Bien sûr. Je suis nul.

— Dante, tu n'es pas obligé d'être bon en tout.

— Si.

— Du calme. Ce sera peut-être sympa.

— Depuis quand tu fais des trucs avec tes parents ?

— Ils sont cool. Et puis j'ai repensé à ce que tu as dit.

— Quoi ?

— Que tu ne fuguerais jamais parce que tu adores tes parents. Sur le coup, j'avais trouvé ça bizarre. Enfin, carrément pas normal. Comme si tes parents étaient des extraterrestres.

— Non. C'est juste des gens.

— Je sais. D'ailleurs, j'ai changé d'avis au sujet des miens.

— Tu es devenu dingue d'eux ?

— Oui. Je crois.

J'ai démarré ma camionnette.

— Honnêtement, je suis plutôt nul en bowling, ai-je repris.

— Je parie qu'on est meilleurs que nos mères.

— J'espère !

Nous avons ri. Et ri encore.

Lorsque nous sommes arrivés au bowling, Dante a déclaré :

— J'ai dit à mes parents que je n'embrasserais plus jamais un garçon de ma vie.

— Qu'est-ce qu'ils ont répondu ?

— Mon père a levé les yeux au ciel.

— Et ta mère ?

— Pas grand-chose. Elle a juste dit qu'elle connaissait un bon thérapeute qui « m'aiderait à m'assumer ». Et puis elle a ajouté : « À moins que tu ne préfères me parler. »

Nous avons ri aux éclats.

— J'adore ta mère.

— Nos parents sont trop bizarres.

Dante m'a fixé.

— Tu as changé.

— Comment ça ?

— Je ne sais pas. Tu te comportes différemment.

— Étrangement ?

— Oui, mais dans le bon sens.

— Très bien. J'ai toujours rêvé d'être bizarre, mais dans le bon sens.

Nos parents ont été très surpris de nous voir arriver. Nos mères buvaient du soda. Leurs scores étaient minables. Sam nous a souri.

— Je ne pensais pas vous voir.

— On s'ennuyait, ai-je dit.

— Je te préférais quand tu ne faisais pas ton petit malin.

— Désolé.

Ç'a été une très bonne soirée. J'ai décroché les meilleurs scores, seulement parce que les autres étaient vraiment nuls. Surtout ma mère et Mme Quintana. Tout le monde a parlé et ri beaucoup. Dante et moi n'avons pas arrêté de nous regarder.

Vingt et un

DANTE ET MOI AVONS QUITTÉ LE BOWLING. J'AI
conduit le pick-up vers le désert.

— Où allons-nous ?

— À mon endroit préféré.

Dante était silencieux.

— Il est tard.

— Tu es fatigué ?

— Un peu.

— Il n'est que vingt-deux heures. Tu t'es levé tôt ?

— Petit con.

— À moins que tu ne veuilles rentrer chez toi.

— Non.

Dante n'a pas mis de musique. Il a fouillé dans ma boîte de
cassettes mais n'a rien trouvé qui lui plaisait. Le silence ne me
dérangeait pas.

Nous avons roulé dans le désert sans prononcer un mot.

Je me suis garé.

— J'adore cet endroit.

J'entendais les battements de mon cœur.

Dante n'a pas dit un mot.

J'ai tapoté du doigt les petites baskets qu'il m'avait envoyées
et qui pendaient au rétroviseur.

— Je les adore.

— Tu adores beaucoup de choses, n'est-ce pas ?

— Tu as l'air en colère. Je croyais que tu n'étais plus fâché.

— Je crois que je suis de mauvaise humeur.

— J'ai dit que j'étais désolé.

— Je ne peux pas, Ari.

— Tu ne peux pas quoi ?

— Je ne peux pas être simplement ton ami.

— Pourquoi ?

— Je dois vraiment t'expliquer ?

Je n'ai pas répondu.

Il est descendu du véhicule et a claqué la portière. Je l'ai suivi.

— Hé.

J'ai mis ma main sur son épaule.

Il m'a repoussé.

— Je n'aime pas quand tu me touches.

Aucun d'entre nous n'a dit quoi que ce soit pendant un long moment. Je me sentais petit, insignifiant et idiot. Je ne voulais plus jamais me sentir comme ça. *Plus jamais.*

— Dante ?

— Quoi ?

Sa voix était teintée de colère.

— Ne t'énerve pas.

— Je ne sais pas quoi faire, Ari.

— Tu te souviens du jour où tu m'as embrassé ?

— Oui.

— Tu te souviens que je t'ai dit que ça ne m'avait rien fait ?

— Bien sûr que je m'en souviens. Bon Dieu, Ari, tu croyais vraiment que j'avais oublié ? Je ne veux pas en parler. Ça me fait mal.

— Qu'est-ce que j'ai dit quand tu m'as embrassé ?

— Que ça ne t'avait rien fait.

— J'ai menti.

Il s'est tourné vers moi.

— Ne te fous pas de moi, Ari.

— Je ne me fous pas de toi.

Je l'ai pris par les épaules. J'ai plongé mes yeux dans les siens.

— Tu dis que je n'ai peur de rien. C'est faux. J'ai peur de *toi*, Dante.

J'ai pris une profonde inspiration.

— Essaie encore. Embrasse-moi.

— Non.

— Embrasse-moi.

— Non.

Puis il a souri.

— *Toi*, embrasse-moi.

J'ai placé ma main derrière sa tête. Je l'ai attiré vers moi et je l'ai embrassé. Encore. Et il m'a embrassé.

Nous avons ri, parlé et contemplé les étoiles.

— J'aurais tellement aimé qu'il pleuve, a dit Dante.

— Je n'ai pas besoin de la pluie. J'ai besoin de toi.

Pendant tout ce temps, voilà ce qui clochait chez moi. J'avais essayé de découvrir les secrets de l'univers, les secrets de mon corps et de mon cœur. Toutes les réponses étaient proches et je les avais repoussées sans même m'en rendre compte. J'étais tombé amoureux de Dante à la première minute. Je ne m'étais pas autorisé à le penser, à le ressentir. Mon père avait raison. Ma mère aussi : nous livrons tous nos guerres personnelles.

Dante et moi étions allongés à l'arrière de mon pick-up, le ciel étoilé au-dessus de nous. J'étais libre. Imaginez un peu. Aristote Mendoza, un homme libre. Je n'avais plus peur. J'ai repensé à l'expression sur le visage de ma mère lorsque je lui avais dit que j'avais honte. Elle exprimait tant d'amour et de compassion. « Honte ? D'aimer Dante ? »

J'ai pris la main de Dante dans la mienne.

Comment avais-je pu avoir honte d'aimer Dante Quintana ?

Remerciements

J'ai longtemps hésité avant d'écrire ce livre. Après avoir rédigé le premier chapitre, j'ai même failli en abandonner l'idée. Heureusement, j'ai la chance d'être entouré de gens engagés, intelligents et bourrés de talent qui m'ont encouragé à finir ce que j'avais commencé. Ce livre n'aurait jamais vu le jour sans eux. Voici donc la liste (petite et certainement incomplète) des personnes que j'aimerais remercier : Patty Moosebrugger, formidable agent et formidable amie ; Daniel et Sasha Chacon pour leur affection et parce qu'ils m'ont convaincu que j'avais besoin d'écrire ce livre ; Hector, Annie, Ginny et Barbara sur qui j'ai toujours pu compter ; mon éditeur, Daniel Gale, qui a cru en ce roman et toute l'équipe de Simon & Schuster, Navah Wolfe en particulier ; mes collègues du Creative Writing Department dont le travail et la générosité m'ont sans cesse poussé à donner le meilleur de moi-même, dans mes écrits comme dans la vie ; et enfin mes étudiants, passés comme présents, qui me rappellent chaque jour que les mots et l'écriture toucheront toujours le cœur des gens. À chacun d'entre vous, avec toute ma reconnaissance.

Ouvrage composé par
PCA - 44400 REZÉ

Cet ouvrage a été imprimé
en Allemagne par

GGP Media GmbH
a Pößneck

Dépôt légal : juin 2015

MIXTE
Papier issu de
sources responsables
FSC® C003309

Pocket Jeunesse, une marque d'Univers Poche,
est un éditeur qui s'engage pour
la préservation de son environnement
et qui utilise du papier fabriqué à partir
de bois provenant de forêts gérées
de manière responsable.

www.pocketjeunesse.fr
PKJ • POCKET JEUNESSE

12, avenue d'Italie - 75627 PARIS Cedex 13